# Gertrud Kolmar
# Susanna

Mit einem Nachwort
von Thomas Sparr

Jüdischer Verlag
im Suhrkamp Verlag

Diese Erzählung erschien erstmals in der
von Karl Otten herausgegebenen Anthologie
*Das leere Haus. Prosa jüdischer Dichter*,
Stuttgart 1959.


Druck: Druckhaus Nomos, Sinzheim
Printed in Germany
ISBN 3-633-54073-3
ISBN 978-3-633-54073-0
Erste Auflage 1993

3 4 5 6 7 8 – 11 10 09 08 07 06

# Susanna

# I

Ich bin keine Dichterin, nein. Wenn ich eine Dichterin wäre, würde ich eine Geschichte schreiben. Eine schöne Erzählung würde ich schreiben mit Anfang und Ende aus dem, was ich weiß. Aber das kann ich nicht. Ich bin keine Künstlerin. Nur eine alte Erzieherin mit grauendem Scheitel, zermürbter Stirn und Tränensäcken unter den müden Augen. *Ihre* Stirn war so glatt und schimmernd wie Kugeln von Elfenbein... Aber ich denke jetzt nur daran, weil vor Tagen jene Frau gestorben ist: Therese Rubin geborene Heppner, im zweiundsiebzigsten Lebensjahr. Ich las es vorgestern in der Zeitung. Eine verheiratete Tochter in Breslau zeigte den Tod der Mutter an. *Sein* Name stand nicht da. Nur eine Reihe ferner Städte: Shanghai, Tel Aviv, Parral, San Francisco. Wo werde *ich* einst sein? Heute sitze ich noch seit Wochen in diesem gemieteten Zimmer auf Möbeln von grünem, verschabtem Plüsch, und im Winkel unter dem Riegelbrett wartet mein großer Koffer. Und hofft auf das zweite Affidavit aus Plymouth, Massachusetts.

Nun sind es elf Jahre... Dies wird wohl das Letzte gewesen sein, diese Zeitungsnachricht, und eine Zeitungsanzeige war auch das Erste. Eine erfahrene Erzieherin wurde gesucht gegen gutes Gehalt, zur Betreuung eines leicht gemütskranken jungen Mädchens. Ich meldete mich. Die Antwort kam vom Vormund der Waise, und bald gingen Briefe hin und her. Denn ich lebte damals in Mörs, und er, ein Anwalt, hatte im Rheinlande keine Bekannten, mit denen ich hätte Rücksprache nehmen können. Wir wurden doch einig; ich packte meine Sachen zusammen und fuhr quer durch Deutschland von Westen nach Osten, den ganzen Tag.

Inmitten der Bahnhofshalle stand regungslos eine alte Frau, breit, Bäuerin, in schwarzer Tuchjacke, dicken Röcken und derben Stiefeln, mit dunkelgeblümtem Kopftuch um das braune, harte Gesicht, die slawischen Backenknochen. Ich wartete bei den Schaltern. Ein Beamter kam, verschloß und sperrte hinter den Reisenden das große zweiflüglige Tor; nur die kleinere Tür blieb offen. Da tat ich, unschlüssig noch, einen Schritt auf die Alte zu. »Das Fräulein ist da«, sagte sie, »gut.« Sie nahm meine beiden Handkoffer mit und stampfte hinaus.

Es ging auf neun Uhr. Das Städtchen, das draußen hinter dem Denkmalsplatz anfing, in Rabenfinsternis, mit erbärmlich fröstelnden Lichtern, war auch nur wie andere seinesgleichen; aber ich glaube nicht, daß ich an jenem Abend noch viel davon sah. Denn ich hielt bloß zur Not meinen Schirm vor den Wind, der Schwaden körnigen, glasscharfen Schneestaubs gegen mich fegte. Und ich schaute vor mir den schweren Rücken des Packpferdes, das unentwegt trottete, den Kopf nicht wendete; ich habe auch später immer nur karge Worte von ihr gehört. Sie hieß Milda Morawe und war aus dem Osterlande.

Sie stapfte durch einen Vorgarten, dann über ein

Treppchen und drückte die Tür, und während ich noch auf der Schwelle das Weiße abschüttelte, trat jemand schon in den Hausflur, mich zu begrüßen. Das war der Justizrat Fordon. Er sah aber in seiner graugrünen Joppe, mit dem Schnauzbart, den weißen, buschigen Haaren mehr einem alten Förster oder Kriegsmanne gleich.
Ich saß in der Stube auf dem Sofa, ich trank aus der Bunzlauer Tasse Tee und knabberte Pfefferkuchen. Er fragte und nickte.
»... bei einer Leidenden... «, sprach ich so hin.
Er sagte: »Sie leidet nicht.«
»Ich dachte –«
Er unterbrach mich. »Ich habe Ihnen davon geschrieben; aber ich merke: wer dieses Wesen nicht kennen lernte, denkt es sich kaum. Das geht so wie unter klarblauem Himmel in offenes Land. Die Wolken über uns anderen lasten ihr nicht; die Mauern, die uns Erwachsene engen und hemmen, sind nicht für sie da. Denn sie ist nur ein Kind, ein heiteres, gutherziges Kind. Und glücklich, wie Kinder immer sein sollten und oft nicht sind. Ich habe sie einmal nur weinen sehn: da versagte ich ihr einen Mantel, nicht so sehr, weil er mir zu teuer, als weil er zu auffallend war. Sie will schöne Kleider, sie liebt auch Schmuck; in diesem ist sie ein Weib.« Er lächelte. »Aber sie hat keine Freundinnen –.«
»Sie hatte nie welche? Auch früher nicht?«
»Nein. Sie wurde vor Jahren, als sie uns nur bisweilen sonderbar schien, ein paarmal zu jungen Mädchen geladen, das war aber nichts. Ihre Art verdutzte

die Mädchen und die Mädchen langweilten sie. Sie wünschte sich noch niemals Gesellschaft und lebt so einsam und weiß nicht, was Einsamkeit ist.«

»Und ihre Eltern? ... Ist sie seit langem verwaist?«

»Die Mutter verlor sie früh, den Vater erst vor zwei Jahren. Und bis vor einem halben Jahr war da noch ihre Kinderfrau Seraphine. Die schickte ich aufs Altenteil. Sie machte wohlmeinende Kuppelpläne, weil nun der Liebling schon zwanzig wurde, und sprach dem Kinde von Trauring und Myrtengrün. Sie verstehen, daß Susanna niemals heiraten darf.«

Ich fragte, warum er sein Mündel nicht im eigenen Haus behütet.

»Ich bin Junggeselle, und meine Wirtschafterin würde sich, wie ich sie kenne, bald mit ihr zanken. Vor allem jedoch, mein Büro, das Kommen und Gehen der Mandanten, das taugt nichts für sie. Ich habe ihr, um sie abzulenken, den Schatten eines Hundes geschenkt, der niemals bellt, nicht herumtobt und keine Stühle benagt. Ob er Futter braucht, weiß ich nicht; die Kruste, die ich ihm hinwarf, ließ er verächtlich liegen.« Wir klärten noch dies und das, was ich vergessen habe, Geldsachen gewiß. Der Kuckuck rief zehnmal aus seiner Uhr, ehe ich aufbrach.

Wieder hinaus ins Dunkel. Der heiße Tee wärmte mich noch, doch trotz des erquicklichen Getränks, trotz Eiswind und Schneegegraupel versank ich hintreibend in Schlaf und wachte erst auf, als ich Milda Morawe an einem Türschloß arbeiten hörte, darin sich der Schlüssel nicht drehen ließ. Irgendwie ka-

men wir doch ins Haus, stiegen gleich in den Oberstock, und die Alte wies mir mein Zimmer. Das Stübchen in weißen Mullgardinen heimelte mich an mit der niederen Decke, den wenigen, schlichten und guten Möbeln. Sie waren älter als die Jahrhundertwende und ihre prunkhaften hölzernen Burgen mit Säule und Sims. Das Nußbaumschränkchen sah ich als Kind beim Großvater in Filehne.
Ich wollte zur Ruhe gehn. Doch Milda Morawe kehrte wieder; sie brummte, Susanna sei noch wach und möchte das Fräulein sehen. Ich wusch mir ein wenig das Gesicht, ging über den Flur und klopfte.
Ich entsinne mich noch des klaren, klingenden »Herein!«, und ich klinkte und blieb im Türrahmen stehen und überschritt nicht die Schwelle. Das war wohl nicht. Doch, das war. In Büchern gab es das und in Filmen, auf Anpreisungen von Salben: eine solche Frau. Das Zimmer war schummerig. Nur neben dem Sessel glomm ein buntes Tischlämpchen, und da saß sie im weinroten Seidenkimono und wandte mir ihr Gesicht zu, dies wunderbare Gesicht. Es ist eine Schönheit, die nur die Männer ruft; sie aber war schön für alle. Schön war sie, vollkommen die zarte Haut, die Tönung von altem Elfenbein, die runde Stirn unter schwarzem Haar, die feine und gerade Nase. Dunkel und lachend strahlten die Augen; sie hatten ein sehr tiefes Blau; das sah ich doch erst in den nächsten Tagen. Ihr Mund und die Stimme ihres Mundes waren reizend wie ihre Gestalt; alles an ihr war Anmut und Süße.
Sie stand vor mir in dem roten Kimono und fragte:

»Warum kommst du so spät? Ich habe so lange auf dich gewartet.«
»Ich konnte nicht früher kommen. Ich bin mit der Eisenbahn gefahren, den ganzen Tag.«
»Hast du sehr gefroren? Deine Hand ist kalt.«
»Deine Hände sind auch nicht so warm, Susanna –«
»O ich? Ich habe gar keine Hände. Sieh!«
Die weiten Ärmel fielen zurück und wehten, und ihre Hände flatterten auf wie weiße Schwingen.
»Das sind Flügel, das sind Vögel. Möwen. Silbermöwen. Sie kommen weither vom Meere. Hast du graue Augen? Nein, braune. Graue Augen sind wie das Meer. Ich habe es einmal gesehn, vor vielen Jahren. Ich bin gern am Meer. Es sitzt in der Muschel, die halt ich ans Ohr und da rauscht es. Willst du's hören?«
»Morgen. Es ist bald elf. Heut sind wir beide zu müde.«
»Ja, morgen. Ich werde dir auch meinen Bernstein zeigen, die Kugeln. Sie sind ganz trübe, ganz undurchsichtig; aber den glasklaren mag ich nicht. Ich sah einmal welchen, als ich noch klein war, und glaubte, es wären Brustkaramellen, und wollte sie essen. Ich habe noch mehr. Ich werde dir auch meine Fliege zeigen mit Flügeln von Diamant und Augen aus Saphiren.«
Sie wies auf die kleine goldene Kleeblattnadel, die ich am Ausschnitt trug. »Sind das Smaragde?«
»Ja. Nur der unterste ist ein Rubin.«
»Oh, ich weiß: Rubin.« Sie lachte leise, als hätte ich etwas sehr Spaßhaftes oder sehr Dummes gesagt.

»Rubin. Was das für ein wunderbares Wort ist: Rubin. So... dunkel... Glut...«
»Du kannst eine Lehrerin noch beschämen, Susanna.«
Sie zuckte die Brauen, zwei Fältchen furchten sich über der Nasenwurzel; sie verstand mich nicht.
»Ich glaube kaum, daß ich je über Worte so nachgedacht habe wie du.«
»Ich denke auch gar nicht darüber nach, das ist so. Es gibt Worte, die kann man in die Hand nehmen. Und manche riecht man... Zum Beispiel: Bratpfanne. Ich sage nicht gerne ›Bratpfanne‹, dann ist gleich das ganze Zimmer voll Küchendunst.«
»Und was sagst du dann?«
Sie überlegte. »Dann sage ich: ›Rose‹.« Und ich sah die Regung, der Hauch ihrer Lippen blühte, zart, mit betauten atmenden Blättern, mit wunderbarem Duft. Rose.
Im Winkel knackte plötzlich ein Schemel, darunter hervor kroch ein großes Tier, reckte sich, streckte sich wie eben ausgeschlafen, schüttelte sich ein wenig.
»Schüttle dich nicht!« rief Susanna. »Sonst schimpft wieder Milda, weil Polster und Teppich und alles voll Haarwusch liegt.

Zoe, Zoe, schüttle dich,
Wirf weiße Flocken über mich!

Ich habe mir selbst ein schönes Märchen gemacht; daraus ist das. – Komm her.« Das Tier gehorchte.

Und ich sah, es war schmal und hoch und wellig und silberweiß mit ein wenig Isabellfarbe, hier und da hingetupft; es kam und berührte mit langer Nase kühl meine Hand und schaute mich an mit glänzenden mandelförmigen Augen. Der alte Justizrat sprach vom Schatten eines Hundes, das war es und war auch der Traum von einem Hunde. Ich streichelte ihn. »Du Schöner...«

»Schöne mußt du sie nennen«, verwies mich Susanna. »Sie ist eine Hündin und ist eine Fürstin, Kaiserin von Byzanz. Aber sie lebt nicht mehr. Sie heißt Zoe und lebt in einem ganz alten Jahrhundert, in welchem, weiß ich nicht. Und nun ist sie tot. Und ist nur noch unter dem Fell, in den Augen. Aber manchmal verfliegt sie sich und bleibt fort, dann steht das Tier so und starrt und regt sich gar nicht und folgt nicht, wenn man es ruft. Ich hörte, wie ein Mann einmal sagte: ›So geh', du großes Gespenst.‹ Der Kaiser von Byzanz hat eine Eidechse geheiratet, daher hat es den Kopf. Früher konnten Menschen und Tiere sich heiraten; heute ist das nicht mehr. Ich denke manchmal darüber nach, wen ich geheiratet hätte... einen Fischadler vielleicht... Oder den Meerkönig; er sitzt unter Wellen in einem gläsernen Hause und steigt nur zur Nacht an den Strand, wenn der Mond scheint, und hat auf der Brust ein Wuchern von Tang wie Haar und hat grüngraue Augen.«

»Wer hat dir das alles erzählt?«

»Onkel Fordon.«

»Das vom Meerkönig?«

»Nein, von der Kaiserin und von der Eidechse.«
Wahrscheinlich hatte der Vormund ihr nur den Namen der Hündin erklärt und gescherzt, daß dies seltsamköpfige Wesen von einer Eidechse abstammen müßte, und das Mädchen hatte sich eins und anderes so zusammengewirrt.

»Nun wollen wir uns aber endlich trennen –«

»Ja. Sonst sitzen wir wie die Männer da, bis es Zeit wird, Schach'riss zu beten.«

Ich kannte das Judentum nicht, meinen Glauben, und hielt das für eine ländliche Redensart; am Ende wußte sie selbst auch nicht, was es bedeutete.

»Nimm Zoe mit. Sie schläft unten im Gang auf der Decke.«

Sie blickte mich, ehe ich ging, noch einmal freundlich und aufmerksam an. »Du siehst anders aus, als ich dachte. Ich habe mir Bilder von dir gemacht; aber nun taugen sie alle nichts und ich muß sie wegwerfen.«

Wir sagten uns gute Nacht, ich öffnete die Tür, und der Barsoi lief sogleich die Treppe hinunter.

## II

Ich machte das Fenster auf. Ein niederer dämmergrauer Himmel, kein Wind. Noch Schlaf und Stille. Unter mir lag ein kleiner Garten, bloßer Krautgarten wohl: modernde Kohlstrünke, tote Sonnenblumenstengel, die grüne strohumwickelte Pumpe und zwischen Sträuchern die Abfallgrube an dem vermorschten, bresthaften Knüppelzaun. Felder dahinter, weite Felder, Äcker, deren krustige Scholle überall schwarz aus der dünnen Schneewehe brach. Ein verlorenes Brücklein, ein Steg, war inmitten erkennbar, und fernhin sank das Dämmer, verschwamm in dunkles Gewelle, Wald. Eben tat eine Turmuhr langsam und ernst und ein wenig heiser acht Schläge. Ich legte mein Bettzeug ans offene Fenster und stieg treppab.

Die Küche war leer und verdrossen, wie Küchen im Tagesgraun sind: die nackten Fliesen, der kalte Herd und hier noch das vergitterte Fenster, selbst das Aufgeräumtsein machte sie grämlich; in der Küche müssen die Töpfe brodeln, die Kannen dampfen, muß das Geschirr durcheinander klappern, dann ist sie gemütlich und froh. Ich stieß an Zoe, sie lag auf der Flanke; sie dehnte sich, reckte den langen Kopf, ohne sich doch zu erheben. Ich war ihr nicht wichtig genug.

Im Wohnzimmer hockte Milda Morawe neben dem Kohleneimer und stökerte mit einem Feuerhaken im Ofen herum. Auf meinen behutsamen »Guten Morgen« kam ihr nur ein Murren. Ich holte mir Mantel und Hut von oben und ging.

Ein größeres neues Gebäude beschützte je auf der Linken und Rechten das kleine ängstliche Haus; ich meinte, daß es da wie ein Kind zwischen zwei Erwachsenen stände. Ich sah die Einrichtung meines Zimmers, die einfach und altmodisch war, und dachte daran, daß Susanna auch keine schönere hatte, und dachte an ihren Vater und wunderte mich,

daß der reiche Mann sich mit so Schlichtem begnügt. Ich wußte noch nicht, was ich später erfuhr: er fürchtete immer, mit Wagen und Dienern und Villa und Park bedenkenlos gierige Mitgiftjäger an seine Tochter heranzulocken, und täuschte geringe Mittel vor wie andere Wohlhabenheit. Aber das Geld ließ sich nicht verdecken; es schimmerte unter der Hülle überall durch.
Ich ging indes auf die Kirche los, die sich quer vor die Straße stellte; ich hatte vorhin wohl ihre Uhrenschläge gezählt. Sie war grau, doch nicht ehrwürdig, schien mir. Wenige Menschen traf ich. Ein Bäckerjunge, der seinen leeren Korb schlenkerte, glotzte mich an. Ein altes Weib in schwarzer Kapuze fegte das bißchen Schnee von der Schwelle; sie war eine Hexe mit ihrem Besen und dem bösen Blick wider mich. Der Briefträger, der seine Post durchkramte, hob rasch den Kopf und beäugte mich scharf, als sei ich verdächtig. Ich begriff, daß ich dieser engen Welt ein ärgerlicher Zudringling schien, den sie nach Kräften scheuchte; ich wußte auch nirgendwohin zu spazieren und kehrte bald um.
Drinnen sprang schon Susanna die Treppe herab, war morgenfrisch, heiter und herzlich. In der Wohnstube sauste das Ofenfeuer; wir frühstückten von einem großmütterlichen Silberblümchengeschirr.
»Hast du gut geschlafen, Susanna?«
»O ich? Ja, ich habe sehr gut geschlafen – und du? Ich habe so schön geträumt.«
»Wovon denn?«
»Ich hörte eine ganz leise, ganz ferne Musik, da ging

ich und kam an einen Wald, da waren Bäume, die sollten einmal Geigenholz werden, und die Geigen saßen schon in den Bäumen und tönten und übten sich. Es waren auch Kreuzschnäbel da; kennst du welche?«

»Aus Büchern, ja.«

»Ach, ihr kennt immer nur alles aus Büchern.«

»Woher sollten wir sonst von den Dingen wissen? Wir können nicht alles auf Erden hören und sehn.«

»Doch, man kann alles sehn. Ich sehe und höre alles. Einmal las ich vom Fischadler. Da flog nachts der Fischadler durchs offene Fenster und setzte sich auf meine Decke, dicht vor die Fußwand, und schaute mich an und klappte die Flügel ganz langsam auf und zu. Immer nur auf und zu. Er war sehr groß und ich hatte Angst vor ihm. Er kommt oft wieder und fliegt auf mein Bett; aber jetzt habe ich keine Angst mehr.«

»Der Fischadler ist nicht so groß. Das sind deine Träume«, sagte ich und vergaß, daß ich ihr auch nicht im Scherz widersprechen, daß ich zu ihr nicht reden durfte wie sonst zu Menschen.

Sie furchte dann gleich die Stirn und zuckte die Brauen, wie immer, wenn ihr Verstand in die Enge getrieben ward und in ihren Augen flackerte als ein gehetztes Tier.

»Nein, es ist wahr. Wenn ich träume, ist es ganz anders.«

Sie schraubte ein Deckelglas auf. »Ißt du Honig? Ich esse den etwas bitteren gern, der nach Wachs schmeckt. Er kommt vom alten Schuhmacher Hentzel. Milda hat ihn geholt. Den machen die Bienen, ich war dabei; das sind keine Träume. Wenn wir Schuhe hinbrachten, ging ich immer zu den Stöcken am Zaun und sah, wie die Bienen flogen und Gelbes trugen. Der alte Schuster hat uns erzählt... von der Königin und von den Drohnen...«

»Du weißt viel von den Tieren, Susanna.«

»Ich bin doch ein Tier.«

Sie sagte das ohne Lächeln, sie stellte es ruhig fest, wie eine Frau, wenn von Völkern die Rede geht, feststellen würde: Ich bin doch Polin. Oder: Ich bin doch Holländerin. Ihr Gesicht schloß sich zu, schied sich gleichsam von mir, war wirklich nicht mehr eines Menschen; ich spürte zum erstenmal leise den Schauder, der uns vor Geisteskranken befällt. Ich suchte ihn mir hinwegzuspassen.

»Und ich? Bin ich auch eins, ja?«

»Du?... Nein... Du mußt Zoe fragen. Vielleicht versteht sie, was du ihr sagst, und antwortet dir.«

Da hörte die Hündin ihren Namen, stand auf und kam und schaute uns an, wie um befragt zu werden.

Der Himmel war grau und wattig. Die Luft war still und nicht kalt. Die Luft war weich und dick und schaumig und süß wie Rahm. Und Flocken sanken ganz sacht, ganz zärtlich, woben sich leicht in die reine, unendliche Decke, die über die Felder fiel. Über die Felder war Zoe weiß und wirbelnd geweht, gejagt und kehrte im Trott zurück mit hängender Zunge und schlechtem Gewissen. Susanna schalt, doch unter dem schwarzen, breitrandigen Samthut lächelten ihre Augen.

Leere.
Eine Krähe schwang schnarrend hin. Als plustriges Schneehuhn hockte ein Baumstumpf am Wege. Wir kamen zu dem gestorbenen, erfrorenen Fluß, dem silbrig verkrusteten Dorngesträuch seines Ufers und schritten über das hölzerne Brücklein.
Susannas Hand glitt streichelnd um das Geländer.
»Es freut sich immer, wenn Menschen gehn. Es steht so allein hier und friert.«
Da ging noch ein Mensch. Mit Schaftstiefeln, Flauschjoppe, Ohrenmütze und derbem rotem Gesicht. Er starrte Susanna an und grüßte. Sie strahlte und nickte ihm zu.
»Wer war das? Von euren Handwerkern einer?«
Sie zuckte die Schultern und lachte.
»Du kennst ihn nicht? Und hast ihn doch so gegrüßt... als ob...«
»Ich grüße immer alle Männer und alle grüßen mich.«
»Das sollten sie nicht.«
»Warum nicht? Die Männer beugen sich vor dem König und grüßen ihn, und der König sieht gerne, daß sie ihn ehren, und erwidert den Gruß.«
»Was hast du mit einem König zu tun?«
»Ich bin doch die Königstochter.«
»Du?«
»Ich bin eine Tochter vom König David oder vom König Saul. Die lebten, das ist schon lange her; aber wir haben es nicht vergessen. Aber die anderen vielen Leute stammen nicht von Königen ab. Bloß ich. Denn ich bin eine Jüdin.«

»Ich auch.«
»Du auch? Freust du dich sehr?«
Ich höre heute diese Worte. Nein. Ich freute mich nicht. Ich hatte vergessen. Ich war nicht stolz, trug kein Zeichen des Königsgeschlechts; ich trug einen Makel. Recht klein war der Makel und störte mich wenig, doch ich deckte ihn zu, wie es ging. »Freust du dich sehr?« Ich senkte den Kopf und murmelte undeutlich, sprach hastig ein Wort vom Wald. Er wälzte sich fern, geduckt und massig, ein düster drohendes Ungetüm mit buckligem Rücken.
Susanna erblickte ihn so. »Wir wollen nicht hingehn, sonst frißt er uns auf. Wir gehen erst hin, wenn er nicht mehr verzaubert ist, wenn er wieder klar ist und voller Bäume.«
Wir kehrten in weitem Bogen zurück durch die Stadt. Da war nichts Sonderliches. Nur ein paar neuere Mietskasernen zwischen den niedrigen älteren Häusern, die neue Post und die alte Marienkirche. Das Sonderlichste war noch, daß die Männer Susanna grüßten. Manche bewundernd, andere augenglitzernd und frech, einige fast ernst und voll Mitleid. Die Frauen jedoch grüßten selten, und viele blickten mich neugierig an und zielten mit dünnem Hohn, mit Ablehnung auf Susanna. Die Irre, mit der es nun schlimmer wurde, so daß man ihr vorsichtshalber eine Wärterin hielt. Das war gut und gerechte Strafe. Denn dieses Geschöpf tat das Böse, daß jede Frau, die es traf, verwaschen und reizlos wurde.
Milda Morawe erzählte mir das viel später, als sie einmal gesprächiger war; ich habe mir erst die Worte

zurecht geschnitten aus ihrem klobigen, unhandlichen Gebrumm.

Wir kamen zum Mittagbrot eben recht und saßen nach Tisch in Susannas Zimmer und betrachteten ihre Schätze: Muscheln, Steine, ererbten Schmuck. Ich erinnere mich an eine Schnecke, die gefleckt wie ein Panther war, an jene, die einer Harfe ähnelte, an Tritonshörner, auf denen die Meergötter blasen, an Kaurimuscheln, die Münzen im Mohrenland. Und an die Druse der Cordilleren, die hohle, rauhschalige Frucht: sie blitzte und flimmerte: ihr Fruchtfleisch war Bergkristall in der Höhlung und am Bruch Amethyst. Susanna holte die Bernsteinkugeln, die groß, von dichtem, wolkigem Gelb und wohl die letzten einer versprengten, zerrissenen Kette waren. Sie zeigte mir auch die Fliege, den Leib aus milchigem Opal, saphirne Augen und diamantene Flügel. Sie hatte auch Stücke vom Vater her: Stulpenköpfe von silbergefaßter erstarrter Lava, daraus Gemmen geschnitten waren, und seinen Ring mit dem flachen grünen brasilianischen Turmalin. Susanna benannte und wußte alles; ich hielt den Turmalin für einen Smaragd. Doch als ich versuchte, ihr das Gebraus im Schneckeninnern zu erklären, wurde sie wieder unruhig und krauste die glatte Stirn.

Ich sage heut, daß ich töricht tat; die Lehrerinnennatur ließ sich damals noch nicht verleugnen. Ich hob eine Schnecke an ihr Ohr; wir waren ganz still und sie hörte gar nichts.

Sie schüttelte aber den Kopf. »Nein«, sagte sie trau-

rig, »ich verstehe das nicht, und es ist auch nicht wahr. Es ist das Meer, das hat immer gerauscht, wenn ich allein war. Jetzt kann es nicht rauschen, weil du dabei bist und nichts von ihm weißt.«
Sie nahm aus dem schwarzen Schächtelchen ein mattgoldenes Filigrangespinst, und die Spinne war eine Perle. Sie zeigte empor, und ich sah an der Stubendecke im Winkel ein zartes graues Geschleier.
»Da oben sitzt sie. Ich habe sie oft gerufen; aber sie kommt bloß selten; sie bleibt lieber in ihrem Netz. Ich denke immer: wenn Milda sie nur eines Tages nicht findet und wegfegt. Milda kann Spinnen nicht leiden.«

## III

Ich hatte mir meine Aufgabe schwieriger vorgestellt. Ich hatte ein launenhaftes, leicht erregbares Wesen erwartet, mit Ablehnung und Verstocktheit zu kämpfen gedacht. Nun sollte ich nur ein erwachsenes freundliches Kind behüten. Und ich zweifelte an dem Scharfblick des alten Vormunds und verwarf seine Meinung, daß die Waise keiner menschlichen Freunde bedürfe. Er leugnete wohl ihr Einsamsein, weil der Gedanke daran ihn sonst in seiner Junggesellenbehaglichkeit störte. Das war an den allerersten Tagen; dann sah ich: er hatte recht und ich irrte. Susanna brauchte mich nicht. Sie nahm mich an und fügte mich in ihre Welt, weil ich nun einmal da war, doch sie hatte mich nicht herbeigesehnt und hätte mich kaum vermißt; sie hätte sich, wie mit mir, mit der Hündin, den Muscheln, dem Turmalin und ihrem Fischadler unterhalten. Oder auch mit der Spinne wie Christian der Zweite im Turm.

Den Christian von Dänemark und die Spinne fanden wir in einem dicken Wälzer, den Susanna aus dem Wohnstubenschrank hinauf in ihr Zimmer brachte. Denn an den langen Abenden strickten und stickten, nähten und stopften wir und lasen uns abwechselnd vor. Susanna liebte die Bücher, doch hatte sie eine eigene Art, mit ihnen umzugehen. Am Anfang anfangen und mit dem Ende enden, das lag ihr nicht. Für lange Geschichten, Entwicklungen, Wirrnis und Lösung hatte sie kein Verständnis. Wir versuchten es erst mit einem Roman; das blieb vergebliches Tun: das Spannende eben, das Ungewißlassen, Hinausschieben einer Entscheidung ermüdete sie; der Zusammenhang des Gesamten entging ihr.

»Die Zigeuner kommen ja gar nicht mehr vor? Bloß immer Traudel und Hans und der Grenzstreit. Das ist langweilig.«

So wählte ich meist nur kleine Erzählungen, Märchen und Sagen, Abschnitte aus Reiseberichten, Geschichts- und Naturkundewerken, oftmals auch aus der Bibel.

Nämlich: »Fina hat gesagt: ›Man muß jedes Buch von der ersten Seite an lesen. Bloß die Bibel nicht. Die kann man aufschlagen, wo man will; da ist alles Anfang und Ende. Weil es Gottes Wort ist.‹«

Fina, das war die Kinderfrau Seraphine.

Wir hatten uns eines Abends in meine Stube gesetzt,

und Susanna erzählte ihr selbsterdichtetes Märchen. Da war eine böse Stiefmutter, die ihre arme Stieftochter quälte, doch das Mädchen hatte den weißen Hund, der überwehte es ganz und gar mit seinen langen, feinen Haaren; es wurde unerkennbar bepelzt und selbst ein Tier. Und es brauchte nur immer zu sprechen:

Zoe, Zoe, schüttle dich,
Wirf weiße Flocken über mich!

Susanna stand plötzlich auf, knipste die Lampe aus und zog den Vorhang vom Fenster.
»Sieh, wie schön! Wir wollen jetzt noch spazieren gehen, ja? Wir sind doch heute den ganzen Tag nicht draußen gewesen. Zoe nehmen wir mit.«
Ich widerstrebte zunächst; ein Nachtgang war ungewohnt, und der Himmel sprach Frost. Dann stahlen wir uns mit Diebesschlich in den Garten. Denn Milda Morawe sollte nicht erst aus der Küchentür schauen; sie hätte unser Wandergelüst schweigsam mißbilligt.
Das Himmelsgewölbe war finsterer Stein, mitleidslos reine Härte. Unzählige Sterne erstarrten zu blitzenden, splitternden Eiskristallen. Der Mond blinkte silbern und kalt. Neuschnee gefror, verkrustete mit starkem bläulichem Schein. Vor seiner Bleiche verfahlte das Tier, bebte und ward ein Schemen und schwand und irrte im Dunkel der Felder.
Unsere Pelzstiefel sanken ein. Susanna fragte:
»Weißt du, worauf wir treten? Weißt du, was das ist?«

»Schnee, Neuschnee.«
»Nein. Was wir fühlen, ist Seesand. Er schimmert weiß, weil der Mond bis zu uns in die Tiefe scheint. Denn wir gehn auf dem Grunde des Meeres.«
»Wie kommen wir aber dahin?«
»Wir sind ertrunken. Wir sind hinausgefahren auf einem schönen Schiff; es stieß auf eine Klippe und sank; dort liegt es. Dort liegen alle.«
Sie wies auf das Haus weit hinter uns, auf die Stadt: die lag wie ein unheimlicher Schiffsfriedhof da, und einzelne Türme ragten wie Dampferschlote und andere wie Spitzen von Masten.
»Was so kühl an unsere Gesichter streicht, ist Wasser. Und siehst du auch, was da schwimmt?«
Sie riß meinen Ärmel, als sei sie wirklich von etwas Seltsamem, Wunderbarem erregt.
»Es hat einen spitzen, langen Fischkopf und ist ganz von dichtem, farblosem Haar wie von weißlichem Tang überwachsen; aber das ist kein Tang und das ist kein Haar, das sind Tastfäden. Es ist ein Meerhund.«
»Seehunde kenne ich, einen Meerhund kenne ich nicht.«
»Nein. Er steht auch in keinem Buch; keiner hat ihn entdeckt und beschrieben. Denn er lebt in der Tiefe und darf nicht hoch. Wenn er aufsteigt und ihn ein Sonnenstrahl trifft, stirbt er gleich und zerfällt und verwest und stinkt – o scheußlich!« Sie schüttelte sich. »Nur Tote können ihn sehn. Er ist ein ganz reines, ganz zartes Tier und, wenn man ihn anrührt, wie Quallen –«

»Hör' auf, Susanna. Wir wollen umkehren. Sonst glauben wir schließlich noch beide an deine Geschichten.«
»Ich kann nicht umkehren. Mein Schiff ist in Trümmern. Und meine Kleider zerfasern und fallen mir ab; aber ich bin nicht nackt... ich wehe so... in einem Wasserschleier... Und der Meerkönig kommt und sieht mich und findet mich schön. Weißt du, wie der Meerkönig ist? Seine Brust ist mit schwarzgrünen Algen ganz buschig verpelzt, und sein Kopf ist so glatt und rund geschliffen wie die Steine am Strand. Und er trägt als Kronreif zwei silberne Fischchen, die beißen eins und das andere in den Schwanz.«
»Woher du nur alles weißt... ?«
»Von Gott. Man kann ihn nicht hören, man kann ihn nicht sehen; aber er macht, daß man alles weiß. Er hat auch den Meerkönig gemacht. Wie die Menschen.«
»Davon steht aber nichts in der Bibel.«
»Das ist gleich, Fina hat gesagt, auch wenn es nicht in der Bibel genannt wird, ist es von Gott. Alles Geschaffene ist Gottes. Denn der Böse kann gar nichts schaffen, sondern immer nur alles verderben. Darum, wenn ein Geschöpf überhaupt da ist, ist es von Gott.«
»Ist denn der Meerkönig überhaupt da?«
»Du bist dumm.«
Ich lachte. »Und du bist nicht sehr höflich.«
»Wir wollen nach Hause gehn. Ich will mich schlafen legen und auf den Meerkönig warten. Er kommt nur nachts.«

»Märchenfrau...«
»Das ist kein Märchen«, sagte sie ernst.
Wir gingen nach Hause.
Während ich wieder mühsam das Schloß vor die Knüppeltür zwängte, lief und schnupperte Zoe an der Abfallgrube umher. Milda Morawe stand im Dunkel mit ihrem Mülleimer da als ein steinbildgewordener Vorwurf.

Ein Stuhl war umgefallen. Oder ein hölzernes Ding war auf die Dielenbretter geschlagen. Das hatte mich aufgeweckt. Ich richtete mich im Bette empor und horchte. Alles war still. Ich mochte mich irren. Vielleicht war vom Dachfirst ein Schneeklumpen abgerutscht. Ich horchte. Alles blieb still. Ich warf mich zurück und streckte mich wohlig und wollte gleich wieder einschlafen – da! Ein Tappen... Was war das? Milda Morawe war das nicht. Die wäre mit wuchtigerem Tritt aus ihrem Dachkämmerchen zur Küche heruntergeholpert. Das ging ganz leise, so schleichend... Diebe? Ich erschrak. Der Hund schlug nicht an. Aber er bellte nie... Ich hob mich im Dunkel, tastete nach meinem Morgenrock und trat hinaus in den Flur.
Und ich sah, Susannas Tür stand weit offen...
Susanna war unten. Was tat sie? Sie wandelte im Schlaf durch die Räume... Sie war erwacht, war irr und suchte den Meerkönig, ihren Spuk... Ein Grausen vor der Wahnsinnigen flatterte hinter mir in der Nacht, eine höhnende Angst. Ich wollte zurück, in mein Zimmer stürzen, den Schlüssel umdrehn,

zweimal. Ich hätte Licht machen sollen. Aber ich blieb wie gebannt...

Nach einigen Augenblicken wurde ich ruhig, raffte mich zusammen und stieg behutsam treppab. Unten hörte ich reden. Susannas Stimme, halblaut, und die flüsternde eines Mannes. Ich fühlte mein Herz. Ich kam zur Küche, da klaffte die Tür, und ich starrte...

Kälte wehte mich an. Das Fenster war aufgerissen. Und auf dem Fensterbrett stand Susanna, hielt die Hände am Gitter, preßte den Leib an die Stäbe und drängte hinaus. Ihr schwarzes Haar atmete wie ein Tier. Sie stand in dem langen Seidenhemd, das perlweiß schimmerte unter dem eisig silbernen Monde. Mit nackten Füßen stand sie und bebte und lachte leise und lockte.

Der Mann stand etwas tiefer im Garten. Sie verdeckte ihn mir. Nur wenn sie sich bog, erspähte ich ein Stück seines Hutes. Er sprach gedämpft; aber das Schweigen der Nacht ließ jedes Wort zu mir.

Es war ein dunkles Flehen:

»Susanna!...«

»Was nun?«

»Ich bitte dich... ich bitte dich: geh!«

Sie lachte.

»Ich will aber nicht.«

»Du frierst und wirst dich erkälten.«

»Ich friere gar nicht. Aber zu zitterst vor Frost und möchtest nach Hause.«

»Susanna... du weißt doch... warum verspottest du mich?«

»Weil du böse bist und mich wegschickst. Und ich bin doch gekommen, dir Freude zu machen.«

»Mir Freude zu machen... Hol dir den Mantel... bitte... in diesem dünnen Hemd...«

»Siehst du mich so nicht gerne?«

»Du marterst mich.«

»Du sollst dich nicht martern. Ich werde gleich gehn und mir den Mantel anziehn.«

»Friert dich wirklich nicht?«

»Nein.«

»Dann... bleibe... Einen Augenblick bleibe noch... bitte...«

Ein kleines Lachen. »Du weißt nicht, was du willst.«

»Oh, ich weiß... ich weiß, was ich will... Susanna!...« Der Name war wie das Lächeln eines, der erstickt.

»Ja?«

»Beug dich... ich muß dir ins Ohr sagen, was ich will...«

Sie neigte sich etwas.

»Ich... o ich... ich vergehe... ich brenne so... meine Kleider verbrennen... ich will mir alles herunterreißen... vor dir... in der Winternacht... du... ach du...«

Sie streckte den Arm durch die Stäbe. »Komm.«

Ich erschrak. Ich fühlte, daß mir der Schweiß aus den Poren brach. Und ich stand und starrte...

»Mein Edelstein... ja, das bist du: mein Edelstein... mein tiefroter... Rubin...«

»Ich bin nur noch Blut und Glühen... Susanna...«

Sie bückte sich, kniete und tat irgend etwas; ich sah aber nicht, was es war.

»Das dicke Halstuch muß weg... und der Kragen... warte... der Knopf... so...«

Stille.

»Tust du das gern, Susanna? Streichelst du gern den Haarflaum auf meiner Brust?«

»Das ist doch kein Haar. Das sind Algen. Schwarzgrüne Algen. Du bist doch ein Meerwesen. Aber niemand weiß es, weil du darüber Kleider trägst wie die Menschen. Niemand weiß es. Nur ich.«

»Nur du.«

»Was tust du?«

»Deine Hand... Sie ist wie ein kleines, warmes Tierchen auf meiner Brust... Ich muß sie küssen...«

»Ja, meine Hand ist warm; nur die Füße werden mir kalt.«

»Bist du barfuß gekommen?«

»Nein. Meine Morgenschuh' stehen irgendwo in der Küche. Ich kann nicht mehr knien. Mach den Kragen zu... ordentlich... keiner darf sehn, wer du bist, keiner...«

Sie richtete sich empor.

»Gib deinen Fuß... ich will ihn wärmen... ihn mit meinen Händen bedecken und mit meinen Lippen... was hast du für reizende Füße, Susanna... so weiß...«

»Haben nicht alle Frauen so weiße Füße?«

»Nicht alle... Ach du... Ich möchte dich nehmen... ganz... nicht nur deine Füße, dich ganz bedekken... ach... geh'...«

»Ja, ich friere...«
»Du frierst? Geh, Liebes... geh...«
Sie hockte nieder, sie kroch in sich zusammen, und ihr Gesicht suchte am Gitter entlang. Und ich sah einen Augenblick seinen Kopf an dem ihren, und beide waren eins...
»Leb wohl... Du schreibst mir?«
»Ja, du Liebes, ich schreibe...«
Ich erkannte nicht, daß er ging; ich hörte ihn nicht. Aber Susanna wendete sich und ließ sich vom Fensterbrett gleiten. Ich trat von der Schwelle seitwärts zur Wand. Dort stand im Winkel immer ein Stuhl, an den ich nicht dachte und gegen den ich stieß. »Pst!« rief Susanna gedämpft, »Zoe, bleib liegen!« Sie schloß das Fenster und huschte an mir vorbei. Als sie zum Lager des Hundes kam, regte er sich und rasselte mit der Kette. Ihr Nachtgewand geisterte noch fahl; sie schien sich zu bücken. Sie mochte um seinen Kopf die Hände schmiegen, ihn streicheln. »Du Liebes«, flüsterte sie, »mein weißes, weißes Tier, du Schönes, meine Freundin... du... ich bin glücklich!« Es war solch ein tiefer, heimlicher Jubel in diesem Flüstern, daß ich im Düster das Leuchten auf ihrem Antlitz sah. Dann schlich sie nach oben.
Und ich hing noch immer auf dem Stuhl an der Wand und fror und stand doch nicht auf und ging in mein Zimmer. Ich konnte nicht. Ein Wust von Gedanken spann sich in meinem Hirn. Das knäulte sich ohne Form und Folge. Ich war zu müde... Die Liebe beider war offenbar nicht, was Menschen wohl reine Liebe nannten, was damals ich selbst eine reine

Liebe nannte. (Möge mir Gott vergeben...) Eine, die nur mit der Seele küßt und Scheu vor dem Leibe fühlt, dem eigenen wie dem fremden. Der Mann war bebende Glut, und es drängte Susanna hineinzustürzen. Warum verschlang er sie nicht? Es wäre ihm leicht gewesen, sie an sich zu locken, in den Garten hinaus, in den Schnee. Sie hätte auch gerne ihn eingelassen und in seinen Armen geruht. Warum geschah doch nichts? Warum schoben sie zwischen sich dieses Gitter? Darunter zog es sich flüchtig hin, daß Susanna vielleicht den Spaziergang gewollt, um schon im voraus mit unserem Gestapf des Freundes Spur zu verwischen. Das mochte sein; aber es war kaum nötig. Milda Morawe trug jeden Abend den Abfalleimer zur Grube, und ihre Füße waren nicht klein.

Der Faden riß plötzlich ab, und ein anderer lief quer: Ich hatte Susannas Tappen gehört, war aufgestanden und war ihr gefolgt und hatte alles mitangesehen und nichts verhindert. Nun war es vorbei. Was war vorbei? Doch nichts. Aber Susanna mochte schon morgen an einer Lungenentzündung darniederliegen. Es war meine Pflicht, sie vom offenen Fenster zu treiben, den Mann zu verscheuchen. Das hätte ich ohne lautes Wort und erhobene Hand getan mit einem ruhigen Überschreiten der Schwelle. Oder irrte ich mich? Der Mann war mir fremd, und ich wußte nicht, ob seine glühende Geißel ihn zu Wut und Widerstand peitschte. Ich fürchtete ihn vielleicht insgeheim und stockte aus Furcht... Vielleicht. Aber was ich sah, schien so unwirklich, das weiße Mädchen, das Gitter, der Mond und der Geliebte im Garten, wie aus eines Buches Blättern gelesen; vielleicht hatte mich dies Unwirkliche gehemmt... Vielleicht. Ich frage mich heut, warum ich gezögert, und fragte mich damals umsonst. Dichter müssen sich immer bemühn, die Gründe der Handlungen aufzuhellen; das Leben spart sich die Müh' und läßt seine Gründe im Dunkeln, und was ich hier aufschreibe, ist erlebt. Aber der alte Justizrat würde wohl Klarheit fordern, mich scharf verhören, mich schelten. Ich müßte lügen... Und wenn ich ihm gar nichts erzählte, schwiege, wartete? Das wäre am besten... ja... ich nickte schon. Und riß mich hoch und schleppte mich zu meinem Bette.

## IV

Susanna war krank. Der Arzt sagte zu dieser Krankheit »Grippe«; mich freute, daß er ihr keinen ärgeren Namen gab. Und mein heimliches Pack war ein wenig erleichtert, weil Susanna mir nun nicht gleich fortlaufen konnte, in den Garten hinaus, ins verschneite Feld und an das vergitterte Fenster. Sie litt sanft und freundlich. Sie nieste und hustete, schwitzte und fror und lag mit roten, fiebrigen Bakken, mit wunder, verschwollener Nase da und lag so duldend um eines Geliebten willen, so mit dem müden, erlösten Lächeln einer glücklichen jungen Mutter. Am zweiten Tag holte sie aus dem Nachttisch einen kleinen Schlüssel hervor und bat mich, im Briefkasten nachzuschauen, und als ich mit lee-

ren Händen zurückkam, war sie leise enttäuscht. Aber am dritten Morgen brachte ich ihr einen starken blaugrauen Leinenumschlag, der nicht Marke noch Aufschrift trug; ihre Augen glänzten still, als sie ihn nahm und auf die Steppdecke legte, und etwas später war er verschwunden, und ich sah nicht, wie sie ihn las. Ich fand nun mehrmals Briefe im Kasten und gab sie alle getreulich ab, ohne zu fragen.
Nein, ich fragte nicht. Ich sagte nur, mit dem Brief in der Hand: »Heut bist du wieder zufrieden, nicht wahr?« und sie nickte. Ich hoffte so, daß sie mir vertrauen und eines Tages von selbst das Herz öffnen werde. Und mir war recht, daß es nicht jetzt geschah. Denn was sie erzählte, würde ich doch dem Vormund berichten müssen, der dann einem bunten, bebenden Falter wohlmeinend den Schmelz vom Flügel strich. Das wollte ich nicht. Er machte öfters Krankenbesuch und brachte Susanna Jaffaorangen und Päckchen kandierter Früchte, und sie war immer sein gutes, liebes, harmloses Kind.
Ich saß jetzt meist in der Krankenstube und flickte und stopfte viel. Susanna bat mich auch vorzulesen; aber ich tat es nie sehr lange; denn das Zuhören strengte sie an. Einmal las ich ihr aus der Bibel Salomos Urteil vor.
»Zu der Zeit kamen zwei Frauen zum Könige und traten vor ihn hin.«
Sie unterbrach mich erstaunt: »Steht da ›Frauen‹? Früher stand immer ›Huren‹ da.«
»Es steht auch noch«, zog ich mich aus der Schlinge, »ich glaubte nur, daß du den Ausdruck nicht kennst,

und habe ›Frauen‹ gesagt, weil das ein gebräuchlicheres Wort ist.«
»Und ich dachte, es wäre verschwunden.« Sie sann eine Weile nach.
»Sag doch... kann das sein? Können Wörter aus Büchern verschwinden? Der Druck verblaßt immer mehr, bis er ganz schwach wird, und schließlich ist das Wort nicht mehr da. Und auf der leeren Stelle bildet sich langsam ein anderes: die Buchstaben sind erst unklar und grau und werden dann immer deutlicher, immer schwärzer... Und so entstehn in den Büchern ganz neue Geschichten, aber vielleicht auch Sätze, die keiner versteht. Ist das möglich?«
Ich schüttelte den Kopf.
»Nein? Schade. Das wär' eine hübsche Überraschung, jedesmal, wenn man ein Buch aufklappt. Du kannst aber ›Huren‹ sagen; ich weiß: Huren sind Frauen, die lieben.« Sie hob die Stirn ein wenig und blickte mich an. »Ist das eigentlich schlimm?«
»Ja«, erklärte ich, »das ist schlimm. Denn man kann immer nur *einen* lieben, nicht wahr; aber sie lieben viele. Aber sie lieben auch keinen richtig, sondern sie tun nur so; sie wollen von ihren vielen Freunden nur immer Geschenke haben, Schmuck und Kleider und Geld.«
Ihre Stimme wurde ganz ängstlich und klein. »Darf man gar nichts geschenkt nehmen, wenn man liebt? Auch keine Schokolade?«
»Doch, wenn man liebt, darf man alles nehmen; aber man darf nicht bloß Liebe vortäuschen, um zu bekommen. Und das tun diese Frauen. Sie wollen im-

mer nur reiche Männer und plündern sie aus; aber wer arm ist, den lassen sie stehn und suchen sich einen andern. Das ist schlecht.«

»Ja, das ist schlecht«, bestätigte ernst Susanna. Und sie fügte hinzu: »Fina hat gesagt: Huren und Dirnen sind ein und dasselbe.«

Sie schwieg und ich wollte weiterlesen, da fragte sie mich: »Aber wenn sie nicht wirklich lieben, sind sie doch auch nicht glücklich?«

»Nein, sie sind nicht glücklich.«

Ich las ein paar Sätze; dann brach ich ab. Susanna lag still und ich sah, daß sie dachte; ich sah die kleinen senkrechten Falten auf ihrer Stirn. Sie dachte lange. Dann sagte sie innig und überzeugt wie ein scheues Geständnis vor Gott, nicht vor Menschen:

»Nein. Ich bin keine Hure.«

Ich hätte sie in den Arm nehmen mögen und ans Herz drücken wie ein Kind.

»Es gibt Kröten, die sind so braun wie die Erde«, belehrte Susanna mich. »Und manche sind graulichgrün mit dunklen Flecken und kleinen roten Punkten. – Warum nähst du nicht weiter?«

Ich hatte in ihrem Kram ein Stück grün und goldnen Brokat gefunden und machte ihr draus eine Abendtasche; die wollte sie gerne haben, wenn sie auch nicht in Gesellschaft ging. Jetzt war nur das Futter noch einzuheften, und ich hatte schon angefangen.

»Die gelbe Docke ist leer«, erwiderte ich. »Und ich sehe sonst keinen passenden Faden in meinem Kästchen. Ein andermal.«

»Nein«, bat Susanna, »heute. Es ist ja noch früh. Geh doch zu Abramowicz. Abramowicz in der Froschvorstadt, der hat Garn und Wolle und Nähseide sicherlich auch.«

»Wo?«

»In der Froschvorstadt. Ich bin immer mit Fina hingegangen, weil ihre Schwester da wohnt, nur ein paar Häuser weiter. Ich kann dir den Weg beschreiben.«

Sie beschrieb mir den Weg, und ich ging. Ich atmete nach den Einsperrungstagen durstig die frische Luft. Es schneite. Die großen Flocken fielen ganz sacht, ganz vereinzelt, betteten sich geduldig unter die Schuhe und dämpften den harten, scharfen Tritt. Hüllten liebend die hoffnungslosen, alltäglichen Häusergesichter und mummten sie langsam in weiße Kapuzen ein. Und Menschen, die jetzt aneinander vorüberglitten, wurden wesenlos gleichsam, schattenhaft und wie durch weite Räume geschieden. Doch war kein Nebel, nur ein sehr stilles, weiblich schwermütiges Grau; unsichtbar starb die Sonne. Ich hätte fortwandern mögen im grauen Licht, in dem stummen Weichen, viele Stunden lang. Das trug mich so wie auf seinem Rücken ein starkes und sanftes Tier, und dieses kantige Denken und Sorgen war mir verweht, verschüttet, nur schwaches Erinnern noch, Traum... Ich ging doch nicht viele Stunden. Ich kam bald in der Froschvorstadt an. Durch krumme Straßen mit unebenem Pflaster und alten baufälligen Häusern wuselte sich ein schmales Flüßchen; man fürchtete, daß die Eisengeländer an den Ufern es totdrücken möchten. Sie waren sicherlich jünger als die drei murkligen Holzbrückchen, die in kurzen Abständen liefen. Dazwischen trieben sich Kinder schliddernd und schlittschuhlaufend umher; ein größerer Junge fuhr mit Befehlen und seinem Besen hinein und fegte die pudrige, stets sich erneuernde Schicht von dem verkratzten Eise.

Der Aaron Abramowiczsche Laden hielt mehr, als er versprach; er machte nach außen hin einen elenden, schwindsüchtigen Eindruck. Er war eng, doch tief, und seine grünen Schübe mit Messinggriffen schienen mir wohlgefüllt. Aber zum Aussuchen eines Röllchens mußte ich bis vor die Türe gehn; drinnen war es zu dunkel. Ich sah noch eben die Züge der schwarzen, hutzlig kleinen Zigeunermutter, die mich bediente. Ich kaufte einiges mehr; sie sprach vom Wetter, vom Winter und kommenden Frühling.

»Aber so lange werden Sie nicht noch bleiben... jetzt, wo das Fräulein weg ist...«

»Das Fräulein ist nicht weg, sondern krank«, erklärte ich kurz.

Sie gab einen kleinen seltsamen Laut, fast wie verhaltenes Kichern.

»Ist schon richtig... schon richtig, der Schmus... ist schon gut... so müssen Sie reden... wozu soll man den Leuten die Wahrheit erzählen... die wissen sie auch schon so... zum lachen!«

Sie hatte wohl einen Span im Kopfe; ich zog ihn ihr nicht heraus und fühlte die bunten Wollsträhnen an, ohne ihr zu entgegnen. Sie bohrte mit schwarzen stechenden Augen; dann lenkte sie ein.

»Ja, was soll man glauben... vielleicht sind andere mehr meschugge als die... aber da machen sie einen Bilbel...« Ich nickte und sie tischte mir auf, was Zungen und Ohren der kleinen Stadt als lautere Wahrheit genossen. Das schöne Mädchen war nirgends zu treffen; sie wurde also verwahrt, der Vormund hatte sie also heimlich in eine geschlossene Anstalt gebracht, darin sie nun bleiben müßte.

»Und in zwei Wochen wird sie gesund sein und wieder spazieren gehn.«

»Ihr Wort in Gottes Ohr«, sagte die Frau bezweifelnd und keifte auf einmal los: »Albert, nu geh schon... was stehst du hier 'rum!...«

Ich wendete mich. Er war aus den hinteren Räumen gekommen, und ich hatte ihn kaum bemerkt. Ich blickte ihn an und erschrak. Ein dunkles östliches Knabenhaupt mit schönen, traurigen Augen. Das hockte, tief an die Schultern gedrückt, auf dem mißwachsenen, mageren Leibe, über dem Buckel... Er trug ein Netz in der Hand.

»Vergiß nicht die Äpfel.«

»Nein.«

Er grüßte linkisch und ging.

»Sehn Sie«, die Stimme schien minder scharf, ihr Auge weniger stechend, »das ist so ein kluger Junge, so ein gebenschter Junge... wie der lernt... und das Unglück!... Sie haben's ja auch mit Ihrem Fräulein, bloß umgekehrt – der Rücken ist gerade und der

Sechel ist krumm...« Sie seufzte. »Schemb'ruchhu wird wissen, wozu er's gemacht hat...«
Ich zahlte. Draußen hing Albert noch am Geländer und schaute der Eisbelustigung zu. Er hatte auf mich gewartet. Als die Ladentür klappte, fuhr er herum und kam mir hastig entgegen. »Sagen Sie«, fragte er bittend und ängstlich, »ist das Fräulein sehr krank?«
»Noch stark erkältet; aber es geht schon besser.«
»Ach... das freut mich...« Er lächelte, und seine traurigen Augen strahlten.
»Soll ich sie grüßen?« Sein Alter war schwer zu sehn; ich wußte nicht, ob ich ihn Du oder Sie nennen sollte.
»Nein... ach nein... das nicht...«, er wurde rot, als sei unpassend, was ich vorschlug, »und... und... ich danke Ihnen!«
Er stolperte rasch von dannen.
Ich wanderte am Ufer entlang und verschneite. Die Flocken wirbelten, stoben. Von jenseits des Flüßchens bewegte ein Mann sich über die zweite Brücke. Dann hielt er, und als ich vorüber wollte, zog er den Hut.
»Guten Abend... gestatten Sie, bitte... mein Name ist Rubin. Ich bin ein Bekannter von Fräulein Susanna, ich sah Sie von weitem und möchte mich gern erkundigen, wie es ihr geht.«
»Sie fiebert noch immer.«
»Das tut mir leid. Ich lasse grüßen und gute Besserung wünschen. Ich sagte Ihnen schon meinen Namen: Rubin... Guten Abend.«

Ich stand noch, während er sich entfernte, außer Fassung, verwirrt. Ich war überrumpelt. Ich hatte mir oft und oft ausgedacht, wie ich den Feind beschleichen, ihn stellen und packen wollte, wie ich den Mann erforschen, den Mann bedrängen, an seinem Gewissen rütteln wollte wie an einem Tor, und nun war nichts geschehen... Nichts war geschehen; wir hatten nur übliche, gleichgültige Worte geredet. Und ich hatte mich doch vorbereitet... zu diesem Treffen gerüstet... oft und oft...

Ich wurde nie geliebt. Susannas Freund, den ich kaum erspähte, den ich seit der Nacht immer sah, war der schöne Jüngling aus Büchern. Er war der hohe griechische Jüngling, der schlanke und lokkige; aus seiner Stimme loderte Glut um den geliebten Namen. Ich wußte nichts. Aber das schönste Mädchen konnte nur dem Schönen gehören. Aber das schönste Mädchen liebte diesen nicht großen, untersetzten, mindestens dreißigjährigen Mann, liebte das glatte, schüttere Haar auf einem kugelschädligen Kopf und solche ungemilderten, scharf semitischen Züge. Und er nannte den zaubrischen Namen und seine Stimme flackerte nicht, und seine ruhige Höflichkeit stand wie eine unübersteigbare, undurchdringliche Mauer. Ich wußte nichts. Ich hatte nie geliebt.

Susanna lächelte mir entgegen und fragte:

»Stehen in den Läden noch Goldkäferschuh'?«

»Das weiß ich nicht. Ich habe heut Prilotz' Schaufenster nicht beachtet.«

»Ich möchte gern wieder Goldkäferschuhe haben.

Ich hatte welche als Kind. Du kannst doch Klavier spielen?«

»Ja.«

»Dann mußt du spielen und ich will tanzen, dann spring' ich aus den Goldkäferschuhen, und sie tanzen ganz allein weiter... wie gut das riecht!...«

»Was?«

»Das, was so aus deinen Kleidern weht, das Frische, Kalte von draußen. Weißt du, was ich jetzt möchte? In den Wald möcht' ich... meine Pelzstiefel möchten in den Wald und da herumstapfen in dem dicken Schnee als kleine schwarze Bären. Denn es sind Bären; ich höre sie manchmal brummen, wenn ich sie einsperren will. – Sag, sind die Männer alle traurig, weil ich nicht komme?«

»Sie haben's mir nicht alle erzählt.«

»Aber manche?«

»Zwei.«

»Wer?«

»Der eine ist Albert Abramowicz.«

»Ach, das ist noch ein Junge... Aber ich mag ihn gern, wenn er auch häßlich aussieht... als wär' nur sein Kopf ein Mensch und das andere nicht... er ist sehr gefällig. Wenn ich im Laden bin, will er mich immer bedienen, und dann macht er alles verkehrt... Einmal ist er auch auf die Leiter gestiegen, was er nicht soll, und hat einen ganzen Kasten mit Band von oben heruntergeschmissen. Das hättest du hören müssen, wie seine Mutter geschimpft hat! – Und wer ist der zweite?«

»Welcher zweite?«

»Der, dem es auch leid tut, daß er mich nicht mehr sieht.«
»Ein Herr Rubin.«
»Ein Herr Rubin...« Sie klatschte vor Übermut wie ein Kind in die Hände. »Ein Herr Rubin! Ein Herr Smaragd! Ein Herr Türkis! Ein Herr Diamant! Lauter Herrn Edelsteine! Guten Morgen, Herr Amethyst, was macht die Frau Turmalin?« Sie lachte. »Amethyst ist klein und schwächlich und blond mit blaßblauen Augen, und Turmalin ist dunkel und groß.«
»Es ist doch ein Menschenname«, widersprach ich etwas verletzt.
»Kein Menschenname. Ein Edelstein ist es, mein Edelstein, mein blutroter...«
»Warum denn deiner?«
»Weil ich ihn liebe und er mich liebt.«
Ich stand. Ich stand und schaute. So war das. Ich hatte doch lang einen Schlüssel gesucht, das Schloß betastet, die Wände beklopft: da war das Kästchen ohne mein Tun mit einemmal aufgesprungen. Ich schaute hinein und wußte nicht gleich, was reden.
»Susanna, das mußt du nicht... mit solchen Dingen mußt du nicht scherzen...«
»Aber ich scherze ja nicht... mir ist nicht zum Scherzen... ich bin gar nicht froh...«
»Wetterfahne! Eben lachtest du noch, und jetzt sagst du – was ist dir?... Susanna! Kind!«
Sie brach in Tränen aus. »Nein... ach nein... ich... oh, ich bin so allein!«
Sie schluchzte zum Herzzerbrechen. Ich beugte

mich zu ihr und war erschrocken und streichelte ihre Schläfen, ihr Haar.

»Sei ruhig... sei ruhig... hör auf...« Sie scherzte nicht, sie liebte.

Sie weinte. »Ach, ich kann nicht... ich kann nicht!... Ich liege hier und bin krank und er kommt nicht! Er soll doch kommen! Einmal nur! Ach, ich hab ihn so lieb!«

Ich setzte mich dicht an das Bett und nahm ihre heißen Hände. »Susanna... Herzchen... du mußt jetzt brav sein, dich nicht erregen, damit du gesund wirst. Damit du aufstehn darfst. Dann schreiben wir ihm, daß er herkommen soll, auf die andere Straßenseite, dann trittst du ans Fenster und siehst ihn und nickst ihm zu.«

»Ach ja...« Ihr Mund lächelte schon. Sie wischte die Augen und flüsterte: »Du bist gut.« Und warf sich leidenschaftlich empor und schlang die Arme um meinen Nacken und riß mich an sich und zuckte und glomm und umarmte ihren Geliebten.

## V

Ich dachte nach. Nein, ich konnte das nicht. Ich konnte Susanna nicht belehren, nicht mahnen, nicht warnen. Ich hätte die Pappel belehren können, die sich dem Winde gibt und ihre Kätzchen streut, oder das Amselweibchen mahnen oder die Hündin Zoe warnen vor ihren vielen Freiern... Den allzuvielen. Wenn ich die Hintertür öffnete, blickten mich fremde Hundeaugen schon erwartungsvoll an, stand ein stichelhaariger Terrier oder ein Schäferhund da oder ein Griffon oder ein Kerl von unentwirrbarer Rasse. Sie sprangen aus allen Lücken im Zaun, und Zoe durfte jetzt nicht durch das Gärtchen streichen, wie sie gewöhnt war. Ich führte sie mehrere Male am Tage mit Halsband und Leine aus und mußte auch dann den hartnäckigen Belagerern wehren.

In dieser Zeit versuchte ich auch, mich mit dem Tier zu befreunden, ihm näher zu kommen, mit ihm zu reden, wie es Susanna tat. Das glückte mir nicht. Ich war nicht Susanna. Wenn ich zweimal rief, dreimal rief, hob sich die Hündin zögernd, fast widerwillig aus ihrer Ruhe, schlich sich her und blieb vor mir stehen und sah mich gelangweilt an. Wollte ich streicheln, so duckte und wendete sie den Kopf mir unter der Hand, als litte sie ungern meine Berührung. Und brachte ich ihr einen Leckerbissen, stürzte sie nicht darauf los; sie verzehrte ihn prüfend und ohne Hast und dankte mit schwachem Wedeln. Und manchesmal stand sie regungslos und starrte dumpf in die Erde hinein, und wenn ich sprach und schalt und sie weckte, schaute sie seltsam und fern mit den unbestimmt traurigen glänzenden Mandelaugen.

»Siehst du, wie sie sich freut; sie lacht«, sagte eines Abends Susanna.

Aber bei mir lachte sie niemals. »Du hast sie nicht lieb genug«, meinte Susanna, »darum ist sie betrübt. Alles, was man nicht lieb genug hat, ist traurig.« Und sie erzählte: »Einmal kam ein Leiermann, das war ein Kroat, mit einem großen Affen, das war eine

Meerkatze. Der Mann war traurig, und der Affe war auch sehr traurig. Es war sehr kalt an dem Tage, und der Affe zitterte. Der Leiermann spielte, und wir gaben ihm Geld. Aber im nächsten Jahr kam er ganz allein; denn die Meerkatze war gestorben. ›Ich werde wohl auch bald sterben‹, sagte er noch zu Fina. Und er ist nicht wiedergekommen.«

Ich betrachtete Zoe. Wir hatten sie gerufen und sie war hergetappt und stand mit gebuckeltem Rist, mit gesenktem Kopfe und starrte. So mochte sie einen Kerf, eine Spinne, ein winziges krabbelndes Tier am Boden verfolgen, ehe sie schnappte; da war aber nichts als das türkische Muster des Teppichs. Und sie stand...

»Warum starrst du so?« fragte Susanna.

»Ich starre, weil Zoe starrt. Ich möchte ihr ansehen, was sie denkt. Wahrscheinlich gar nichts.«

»Doch, sie denkt. Sie denkt etwas und ich weiß es.«

»Was denn?«

»Sie denkt: Gemordet... gemordet... ermordet... ich habe meinen Gemahl ermordet, den Kaiser von Byzanz... ihre Nase... sie wittert... da ist ein feines, farbloses Pulver auf dem Teppich verschüttet, ganz wenig nur, wir merken es nicht; aber sie riecht es. Und sie starrt hin: Gift... Gift...«

»Susanna! Hör auf!« Fast schrie ich.

Sie sah mich großäugig an. Sie hatte diese furchtbaren Dinge eindringlich leise gesprochen, doch ohne Willen gruseln zu machen, zu schrecken, zu quälen, ohne Wissen um ihre Entsetzlichkeit. Sie hatte sich nichts ausgemalt, nichts erfunden. Sie wußte nur eben, was Zoe getan und was sie jetzt dachte, und verriet es mir, weil ich fragte, und war verwundert, als ich sie unterbrach. Sie blieb mir fremd, sie lebte in einem gezauberten, unüberschreitbaren Kreise, und sie trat manchmal zu mir heraus und ich kam niemals hinein.

»Kind, trink jetzt endlich deine Milch; sie ist bloß noch lauwarm und wird ganz kalt, wenn du weiter darin herumrührst.«

Susanna durfte aufstehn. Sie ging in einem braunsamtenen Morgenkleide oder in ihrem weinroten Kimono bald durch die Stuben umher, etwas taumelig noch, heiter-still und gelassen. Und eins beruhigte mich und enttäuschte mich auch ein wenig: daß sie trotz jenes kurzen und starken Ausbruchs nicht wieder nach ihrem Geliebten rief. Ich fand doch ab und zu noch am Morgen den festen blaugrauen Brief: sie nahm ihn, dankte und lächelte und las ihn, wenn sie allein war, und schwieg darüber zu mir. Und die Briefe verschwanden irgendwo und ich suchte sie nicht. Aber eines Tages hielt sie das Schreiben entfaltet in der Hand, als ich kam, und strahlte und bat mich mit schmeichelnder Stimme, heute abend, wenn es schon dunkel geworden, an die Gartenpforte zu gehn.

»Was soll ich denn da?«

»Das mußt du doch wissen.«

Ich wußte es freilich. Und es war mir gar nicht unlieb, das Treffen; denn diesmal überfiel er mich nicht und sollte mir nicht so entwischen.

Der Abend kam. Ich war fast so erregt, so erwartungsvoll, wie Susanna; sie schickte mich viel zu früh hinaus. Aber als ich zum zweiten Male durch den matschigen, schlickernden Schnee hinpatschte, sah ich schon hinter der Knüppeltür eine Schattengestalt.

»Guten Abend.«

»Herr Rubin?«

»Ja, ich bin es. Ich danke Ihnen, daß Sie gekommen sind.«

»Danken Sie mir nicht. Denn ich bin nicht nur gekommen, weil mich Susanna bat. Ich selbst habe längst gewünscht, mit Ihnen einmal über Ihr Handeln zu reden. Denn was Sie tun, ist unrecht.«

»Ich verstehe Sie nicht.«

»Sie wollen mich nicht verstehen.«

»Wenn ich verstände, ersuchte ich Sie, sich nicht in meine Angelegenheiten zu mischen.«

»Es sind Ihre Angelegenheiten, in die ich mich mische; aber es sind auch meine. Denn ich bin dem Kinde zur Wärterin und zur Wächterin bestellt.«

»Sie ist kein Kind mehr.«

»Dank Ihnen vielleicht... Nein, ich will Sie nicht kränken, ich will nicht streiten und will keine Umschweife machen. Susanna ist ungemein lieblich und schön, und ich kann das begreifen... Nur, was wollen Sie denn mit ihr? Wenn Sie ein hemmungsloser Verführer wären, würd ich es wissen; aber ich halte Sie nicht dafür. Heiraten darf Susanna niemals, und Sie haben wohl kaum an Heirat gedacht; was soll daraus werden?«

Er nickte. »Das habe ich oft mich selbst gefragt«,

sagte er langsam und dumpf. »Aber nun ist die Antwort gefunden.«
Er verstummte. Nach einer Weile, da ich nichts redete, begann er wieder:
»Dies ist ein Abschied. Morgen fahre ich mit dem Frühzuge nach Berlin. Und ich komme nicht wieder.«
Er wartete; aber ich schwieg. Ich hatte nichts zu entgegnen.
»Nun... ich... ich fliehe, ja. Aber ich habe kein Spiel mit dem Mädchen getrieben. Ich will es Ihnen erzählen, weil jetzt alles zu Ende geht...
Sehen Sie, wir wohnen hier noch kein Dreivierteljahr, meine Mutter und ich. Und ich kam aus der großen Stadt. An einem der ersten Abende ging ich über die Felder, und vor einer offenen Gartentür tollte ein junges Mädchen mit einem weißen Hund. Ich lockte den Hund und streichelte ihn, und das Mädchen war reizend und ließ mit sich plaudern und lächelte und nannte mich du und wohnte allein in dem kleinen Hause, und ich verabredete mit ihr eine Nacht... Wir standen im Mondlicht an diesem Zaun; aber da schien ihr Wesen mir seltsam, sie wirkte so befremdend auf mich, daß ich nicht mit ihr hineinging. Am folgenden Tage erfuhr ich schon, wer sie war, und welche Bewandtnis es mit ihr hatte.
Das wußte ich nun. Aber der Funke blieb mir im Blut und glomm weiter. Einmal traf ich sie zufällig mit ihrer Fina im Bäckerladen; es verstand sich von selbst, daß ich grüßte und mit ihr sprach. Sie ist mir

dann noch zwei, drei Mal kurz hintereinander begegnet; ich glaube heute, die Alte richtete das so ein. Sie wurde wohl bald darauf entlassen; aber ihr Werk war getan.

Nun können Sie urteilen. Ich denke nicht, daß ich Zuchthausstrafe verdiene.«

»Nein«, murmelte ich.

Er tat ein paar Schritte. »Und... meine Mutter wird bald nach Breslau zu meiner Schwester übersiedeln, so kehre ich nicht mehr hierher zurück. Aber Susanna darf nur an eine längere zeitweilige Trennung glauben. Sie würde ja nichts verstehn... Wenn sie wüßte, würde sie heute noch zu mir kommen... heut nacht... sie ist ein Wunder. Sagen Sie mir... sie liegt noch?«

»Nein, sie steht auf.«

»Dann... wollen Sie mir erlauben, das Haus zu betreten, ihr Lebewohl zu sagen, ein Lebewohl für sie auf Wochen – auf immer für mich?«

»Nein. Es tut mir leid; aber das darf ich nicht.«

»Ich konnte mir's denken. Es ist vielleicht auch besser; denn ich bin nicht so stark... aber diesen Brief werden Sie übergeben.«

Ich nahm ihn und dann etwas Zartes, Umhülltes, Blumen wohl.

»Noch einmal: ich danke Ihnen. Und... Susanna ist so bereit, so wehrlos; schützen Sie sie. Vor einem Manne, der weniger Gewissen haben könnte als ich.«

»Reisen Sie gut.« Ich streckte die Hand durch den Zaun; er drückte sie, wendete sich ab und tauchte in Finsternis unter.

Ich trat in Susannas Zimmer. »Was ist das?« Sie griff nach dem knisternden Seidenpapier, entblößte vier zart orangegelbe halberschlossene Rosen. Und hob sie atmend an ihr Gesicht und berührte die Blüten. Sie dufteten schwer. »Wie schön!... Ich möchte eine im Haar tragen, wenn er kommt... in meinem schwarzen Haar... das machte ihm Freude... hol bitte ein Glas, das beste...«

Ich ging hinunter und fand eine Vase aus blauem Kristall. Als ich kam, hielt mir Susanna den Brief entgegen mit angstvoll flackerndem Blick. »Nein... weißt du...«

»Ich weiß. Er fährt auf einige Zeit nach Berlin. Eine kurze Reise.«

»Er soll aber nicht verreisen.«

»Er muß gewiß fort. Er muß arbeiten, Geld verdienen.«

»Das kann er hier doch auch. Er soll bleiben, bei mir bleiben, immer, immer und immer!«

»Sei verständig, Susanna. Es dauert sicher gar nicht so lange –«

»Ach, das ist gleich. Er soll nicht weggehn. Wo ist meine Mappe? Ich werde ihm schreiben, daß er nicht weggehn soll. Ich will nicht, daß er weggeht, ich will nicht... ich hab ihn doch lieb!«

»Aber«, log ich vorbeugend, »heut abend wird kein Brief mehr befördert und er fährt morgen früh.«

»Er wird nicht fahren. Ich schreibe ihm ja... er ist gut...«

Ihre Mundwinkel zuckten schon; ich durfte ihre Aufregung nicht durch Widerspruch schüren. Ich ging in mein Zimmer und ließ sie bei ihrem Brief. Er sollte nur keinen Boten finden, und ich sagte Milda Bescheid.

Wir saßen in der Wohnstube drunten am Abendbrottisch; da sauste es knirschend und klatschend gegen die Scheiben. Ich fuhr zusammen. »Eine Last Schnee vom Dache. Es taut.« Aber Susanna riß schon das Fenster auf, eh ich sie hindern konnte.

»Albert? Bist du zurück?«

»Ja.«

»Hast du den Brief abgegeben?«

»Nein. Ich habe viermal geklingelt und keiner hat aufgemacht; sie waren wohl nicht zu Hause. Da hab ich ihn in ihren Kasten gesteckt. Ist das nicht recht?«

»Doch, ich danke dir, es ist recht.«

»Nichts zu danken.«

»Gute Nacht.«

Sie schloß das Fenster und setzte sich wieder zu ihrem Eierbecher. Sie leuchtete. »Weißt du, ich hatte ihm alles geschrieben und dachte: Wer besorgt mir den Brief? Und dachte: Ich will aus dem offenen Fenster sehn, vielleicht kommt einer vorbei, der mich kennt, und tut es. Aber ich konnte die Leute nicht unterscheiden, weil es zu dunkel war. Bloß Albert Abramowicz, der ist so verkrumpelt, den erkannte ich gleich. Und dann blieb er auch eine ganze Zeitlang vor unserem Hause stehn. Ich rief ihn und fragte, ob er es machen würde, ich wollte ihm gerne Schokolade schenken; aber er sagte, er tät es auch so. Aber ich sollte den Brief nicht werfen, der würde sonst naß und er fände ihn nicht, und ich ging nach unten und gab ihm den Brief in die Hände. Und er sollte mir gleich die Antwort bringen; aber hier klingeln wollte er nicht. Weil er sich scheute... vor dir und vor Milda...«

»Du warst sehr unvorsichtig. Wenn du dir nur keine neue Erkältung geholt hast. – Steht sein Name denn auf dem Brief?«

»Ja. Er wird ihn lesen und bei mir bleiben, und alles ist gut.«

War alles gut? Susanna ging getröstet zu Bett, ich aber mit meinem Kopf voll widriger grauer Gedanken. In meinem Traum stand der arme Albert im Schein einer Straßenlaterne und hob zu Susannas Fenstern empor seine hoffnungslosen Augen.

## VI

Es klopfte. Ich schrak aus dem Schlummer: »Herein!« Was war geschehen... ich starrte entsetzt zur Tür. Doch Milda Morawe rückte bedächtig wie der Turm auf dem Schachbrett vor. Der schwarze Turm. Und wenn ein Turm hätte sprechen können, er hätte die Worte so schwer und mühsam und kantig herausgesprungen.

Die kleine Enkelin der Frau Kors sei eben dagewesen. Die Großmutter habe sich früh im Dunkel auf dem Glatteis den Fuß verstaucht und könne nicht kommen. Ja.

Sie verstummte. Und ich begriff nicht gleich, warum

sie mit dieser Meldung mir meinen Schlaf zerschlug.
Indes fuhr sie fort: Ja, aber die Wäsche sei doch nun eingesprengt, und die Rolle sei auch bestellt, und der Weg, der sei nicht so weit; aber sie könne allein den Korb nicht schleppen. Sonst habe Frau Kors ihr immer geholfen, mit angefaßt; aber nun... Sie stockte wieder und sah mich erwartend an.
Wenn es weiter nichts war... Sie mochte sich wundern, mit welcher Freude ich mich zu Diensten erbot. Ich warf die Decken, wusch und kleidete mich geschwind an und stürzte am Küchentisch eine Tasse brühheißen Kaffees hinunter.
Jede an einer Seite des Waschkorbes, zogen wir los.
Der Himmel war bleich vor Frost. Ein schneidender Ostwind zwickte das Ohr, die Finger verklammten mir um den geflochtenen Henkel. Wir wanderten vorsichtig, tastend oft, die morgenleeren Straßen. Der Schnee, der gestern im Nieselwetter geschmolzen, war unter unseren Sohlen wie Glas, und vor den wenigsten Türen erst lag Sand oder Asche. Nur hie und da gähnte und räkelte sich ein mürrisch verschlafenes Haus; ein Mensch trat mit Eimer und Schaufel hervor und streute. Und dieser Mensch grüßte Milda Morawe und blickte mich stutzend und mißfällig an: was hatte ich an dem Waschkorb zu schaffen, das war eine Sache der Frau Kors; ich war doch die Eingedrungene, Fremde und durfte erst nach der zehnten Stunde mit Susanna spazieren gehn.
Die Frau in dem kleinen Seifengeschäft riß Mund

und Augen auf, als wir kamen; vielleicht war mein ungewohntes Erscheinen und ihre Benommenheit schuld daran, daß sie den Schlüssel der Rollkammer nicht so bald finden konnte. Wir rollten wohl eine knappe Stunde und trugen durch die belebtere Stadt und über schon minder gefährliches Pflaster den Wäschestapel zurück.

Ich tat wie die Seifenfrau. Ich sperrte Mund und Ohren auf, als wir im Hausflur standen und aus der Wohnstube eine scharfe weibliche Stimme fuhr. Doch half ich erst einmal Milda Morawe mit ihrem Korbe treppauf, legte dann ab, stieg hinunter, klopfte kurz und trat ein.

»Ah, Fräulein, gut, daß Sie kommen! Sehr gut, daß Sie kommen. Denn ich nehme an, daß Sie mein Bemühn unterstützen... daß Sie mir beipflichten werden. Sie verstehen mich nicht? Das freut mich, das freut mich wirklich. Denn ich sehe daraus, daß Sie mit dieser jungen Person, Ihrem Zögling hier, nicht unter einer Decke stecken.«

»Gnädige Frau, ich kenne Sie nicht und weiß nicht –« begann ich verdutzt.

»Nein, nein, Sie wissen nicht, und, wie gesagt, das freut mich. Aber Sie sollen wissen. Sie kennen mich nicht? Vielleicht doch von Ansehn oder dem Namen nach... ich bin Frau Rubin. Die Mutter eines Sohnes, zu dem diese junge Dame Beziehungen angeknüpft hat. Denn ich möchte glauben, daß sie es war und nicht er, der sie knüpfte. Weil er doch nicht so toll vor Liebe ist, wie sie wünscht; sie will, daß er seine Pflicht versäumt und, statt nach Berlin zu fahren, sich hier herumdrückt. Was tut sie nun, um ihn da zu behalten, ihn enger an sich zu fesseln? Was tut das unschuldige Geschöpf? Sie macht ihm ein schriftliches Angebot, ja, ein ausführliches Angebot... ich alte Frau würde rot werden, wenn ich noch mehr erzählte. Nun, was sagen Sie, Fräulein?«

Ich sagte nichts. Ich schwieg. Ich schwieg und verriet nicht noch deutlicher mein Mißfallen. Denn ihre Worte quollen nicht von Zorn und Empörung über, sie träufelten nur einen kalten, gepreßten, ätzenden Haß und Hohn, und sie spielte die Mutterrolle. Und zu der Rolle gehörte das Stielglas, das golden an vergoldeter Kette über der grauen Taftbluse hing; sie hob es gemächlich, während sie sprach, und beäugte Susanna: sah auf das fremde, niedrige Wesen aus gebührendem Abstande hin, als sei es Tier, sei es Pflanze. Das arme Mädchen saß wie gebannt, mit bleichem verängstigtem Gesicht und ohne Begreifen...

»Susanna, geh jetzt hinauf. Du bist noch nicht einmal ordentlich angezogen. – Gnädige Frau, ich möchte Sie gern unter vier Augen sprechen.«

»Das könnte Ihnen so passen! – Nein, mein Kind, Sie laufen mir nicht so fort. Sie sind schon angezogen genug, wenn auch Ihr Putz, diese rote Seide, wohl für ganz andere Blicke bestimmt ist als die einer alten Frau. – Und was Sie unter vier Augen wollen, das kann ich mir denken, Fräulein. Sie werden mit einer erbarmenswerten Unglücklichen erscheinen, die für ihre Handlungen nicht verantwortlich ist und die man am Ende noch trösten muß, statt sie zu tadeln.

Mag sein. Mag sein, daß da nicht Verstand genug war, das Einmaleins in der Schule zu lernen; aber der Brief, den mein Sohn nicht fand, der ist einen Lobstrich wert; sie hat schon tüchtige Lehrer gehabt und gut begriffen, die Schönheit!« Sie langte in ihren Beutel. »Hier. Wollen Sie lesen?«

»Danke, gnädige Frau. Susanna hat in ihrer Herzenseinfalt sicher einen sehr törichten, unglaublichen Brief verfaßt. Aber Sie sagen selbst, daß Ihr Sohn ihn nicht las und daß er auch schon nach Berlin gereist ist oder noch reisen wird.«

»Er ist mit dem Frühzug gefahren. Glücklicherweise hat er nicht vorher im Briefkasten nachgesehen.«

»Und wenn Susanna nicht weiß, wo er wohnt, so wäre dies Band gelöst. Sie hätten den Brief vernichten können, stattdessen kommen Sie her –«

»Jawohl, stattdessen komme ich her... stattdessen komme ich her... wollen Sie hören, weswegen ich komme?« Sie richtete sich kampflustig auf; ihre Augen funkelten hart. »Mein Sohn hätte kürzlich heiraten können: ein nettes, feines, gescheites Mädchen; er hat die kalte Schulter gezeigt, und heute weiß ich, warum. Aber ich dulde nicht, daß er sein Glück verscherzt, ich dulde nicht, daß er sich verplempert, ich dulde nicht, daß er sich weiter an eine mannstolle, schwachsinnige Dirne hängt. Ich weiß nicht, was hinter meinem Rücken bis jetzt schon vor sich gegangen ist; aber was noch geschehen soll, das werde ich, wenn auch Sie mir nicht beistehen, mit allen Mitteln zu hindern suchen, mit allen! Lassen Sie sich's gesagt sein! Deswegen komme ich her!«

Ich holte aus. Da sagte auf einmal Susanna langsam und fast erstaunt:
»Nein. Ich bin keine Dirne...«
»Was sind Sie denn sonst, mein Kind? Ob eine unterm Laternenpfahl dem Mann ihre Reize bietet oder sie ihm nur schriftlich empfiehlt, ist wohl gleich. Ich kann Ihnen keinen anderen Namen geben.«
»Gnädige Frau, Sie versündigen sich! – Mein Gott!«
Susanna war aufgeflammt. Ein Zuck – ihre Finger umkrallten den Kragen, den mageren Hals der Frau. Die wehrte sich, keuchte. Ich stürzte zu, ich schrie und riß die klammernden Hände gewaltsam auf. Susanna verbiß sich; ich tat ihr weh und stieß sie gegen die Tischkante, ihre Augen waren ganz schwarz vor Grimm, sie blickte wie ein Tier, dem seine Beute geraubt wird. Ich herrschte die Frau an: »Gehen Sie! Gehn Sie schleunigst!« Sie wich, noch züngelnd und Gift verspritzend: »... der Behörde melden... Tobsüchtige, die man einsperren müßte...« Ich folgte und schloß die Haustür hinter ihr ab.
Als ich zurückkehrte, stand Susanna mitten im Raum, schlaff, erschöpft, mit offenem Munde atmend, und ihr Gesicht erschrocken über sich selbst.
»Susanna...« Ich rührte sie leise an.
»Warum... warum ist sie so böse?«
»Sie ist nicht so böse. Sie ist seine Mutter, die Frau Rubin, und denkt, daß ihr beide Schlimmes getan habt, ihr Sohn und du.«

»Wir haben aber nichts Schlimmes getan... oh, sie ist böse... sehr böse!«
»Susanna, sie kennt dich nicht, und sie weiß nicht –«
»Sie kennt mich nicht und sagt: ›Du bist eine Dirne.‹ Ich bin doch keine, ich will doch kein Geld und keine Kleider und keinen Schmuck, ich will ihn nur lieben. Darf ich das nicht?«
Ich wußte noch keine Antwort.
»Ach«, jammerte sie, »nun ist er fort und hat meinen Brief nicht gelesen! Ich will auch nicht hier bleiben! Ich will auch fahren und bei ihm sein, ich fordere gar nichts, keine Geschenke; er soll ihr nicht glauben... Ich will ihn nur wiedersehn! Ich werde ihn suchen...«
»Du kannst ihn nicht suchen und kannst ihn nicht finden, die Stadt ist zu groß. Wir müssen warten, bis er dir schreibt, und wenn wir erfahren, wo er wohnt –«
»Ich kann nicht warten! Ach, warum sind die Menschen nicht gut? Sie schimpfen immer und streiten sich und wollen nicht, daß einer den anderen lieb hat...«
Tränen... Ich hielt sie und strich ihren Nacken. »Komm. Du wäschst dir jetzt schön die Augen und ziehst dein Kleid und die Strickjacke an und wir frühstücken beide. Ich habe schon großen Hunger, du auch?«
Sie gehorchte. Aber den ganzen Vormittag lang saß sie in ihrer Stube am Fenster, schaute hinaus, brütend, und redete kaum mit mir.
Es ist sonderbar. So viel des Wichtigsten wird verges-

sen, und Unwesentliches, lächerlich Wertloses behalten wir gut. So weiß ich noch heut, daß es Nudelbrühe und Leber mit Rührkartoffeln und Apfelmus gab. Susanna erklärte nach dem Essen, sie sei müde und wolle ruhn; ich bettete sie auf ihr kleines Sofa und ging in mein Zimmer. Das war ein häßlicher, wüster Morgen gewesen, ein bißchen Schlaf tat uns beiden wohl, und ich legte mich auch gleich nieder. Ich hatte mir zwanzig Minuten gesetzt; denn ich wollte noch vor der Kaffeezeit an meine Geschwister schreiben, doch nützte der gute Vorsatz nichts, ich erwachte nach einer Stunde. Ich machte Ordnung und ging zu Susanna: ihr Zimmer war leer. Sie mochte in der Wohnstube sein oder in Mildas Küche. Ich wollte eben die Treppe hinunter; da fiel ein Gedanke über mich her, eine Ahnung – – –

Ich riß ihr Kleiderspind auf.

Und ich sah: weder das grüne Samtkleid hing da, noch der pelzbesetzte grünwollene Mantel, oben im Fach lag kein Hut. Ich tastete am Schrankboden hin; zwischen den Schuhschachteln mußte dort ein rotes rindsledernes Köfferchen stehen; aber da stand es nicht mehr. Ich flog nach unten, schlug mit den Türen, verstörte Milda Morawe, sie half mir stumm in die Jacke hinein und ich stürzte davon.

Zum Bahnhof. Der frische junge Schalterbeamte kannte Susanna nicht, wußte aber sofort, wen ich meinte. Jawohl, das Fräulein sei da gewesen, vor drei Viertelstunden vielleicht; sie hätte ihr Geldtäschchen ausgeleert und eine Fahrkarte nach Berlin gefordert. »Aber das reicht noch nicht.« Sie hätte ihn erst gar nicht verstanden, dann herzlich gebeten und fast geweint: »Ich muß aber nach Berlin! Wie soll ich denn hinfinden?« »Da laufen Sie immer der Eisenbahn nach, dann kommen Sie bestimmt einmal an, wenn auch nicht heute.« Er lachte über den Witz. Ich erschrak. Ich dankte ihm für die Auskunft und ging. Ich rannte.

Zu Justizrat Fordon. Die graue Haushälterin knurrte erst, die Sprechstunde habe schon angefangen und zwei Mandanten seien schon drinnen; aber ich drängte, befahl. Sie schlurfte widerwillig hinein, Justizrat Fordon kam gleich heraus und führte mich in das Speisezimmer und hörte mir schweigend zu. Fast alles bekannte ich. Fast alles... Denn meine Wache in jener Nacht konnte ich nicht erzählen...

Er schalt mich nicht. Er wälzte die Schuld auf Seraphine, die Schnüffelnase, die Kuppelhexe, die er nicht leiden mochte. Er bat die Mandanten wiederzukommen, wir gingen zur Polizei. Dann schickte er mich nach Hause.

Im Wohnzimmer stand der gedeckte Tisch mit Kaffeekanne und Kuchenteller; ich konnte nicht trinken noch essen. Ich saß in der Dämmerung ohne Licht; es düsterte um mich und in mir selbst, ich fuhr im Grübeln zuweilen empor und schritt ruhelos auf und nieder...

Vor Einbruch der Dunkelheit hatten indessen zwei Polizeimänner angefragt und Zoe mit sich genommen. Sie brachten nach einer halben Stunde die Hündin als unnütz zurück. Die legte sich gleichmütig auf ihre Decke, sanft wie eine Hinde lag sie da,

doch als ich mich beugte, hob sie den Kopf, und in ihren länglichen Frauenaugen glitzerte eine kaum merklich spielende feine Verhöhnung... Wissen... In diesem Augenblick haßte ich sie und hätte den Fuß nach ihr stoßen mögen.
Ich blieb zur Nacht in der Küche, ohne ein Wort. Wir waren in Finsternis. Die Alte hockte verstimmt am Herde und nährte von Zeit zu Zeit die Glut; ihr rotes Glimmen beschien das steinerne wandellose Gesicht einer schwarzen Schicksalsgöttin. Sehr spät noch sah der Justizrat herein: man hätte die Bahnstrecke abgesucht und alle Wege in Schienennähe, aber umsonst.
Ich nickte doch gegen Morgengrauen auf dem harten Küchenstuhl ein; die klappende Ofentür weckte mich, ich taumelte in mein Zimmer und warf mich angekleidet aufs Bett. Ich schlief unter Alpträumen, unruhig, dumpf, nicht lange. Ich stieg hinab, in die Wohnstube ging ich und wußte nicht, was beginnen. Ich holte mir ein Staubtuch und wischte die Möbel. Milda Morawe, die sonst hier putzte, hätte den Eingriff in ihre Befugnis anderentags kaum geduldet. Daß sie mich heute gewähren ließ, war das einzige Zeichen ihrer Teilnahme, ihrer Erregung. Sie sagte nur einmal ganz unvermittelt und räumte den Ofen aus: »Ich wollte ihr eine Stachelbeertorte backen. Die ißt sie so gern. Wir haben noch eingemachte Beeren.«
Ich schüttelte meinen Lappen wieder zum Fenster hinaus. Und ich sah: auf der anderen Straßenseite schritten zwei Männer, der erste mit einer Beamten-

mütze, und trugen waagerecht eine Leiter, und auf der Leiter lag etwas Dunkles, fast wie ein Sack. Und dieser arme Verwachsene trottete nebenher. Sie wendeten, überquerten den Damm, und als sie dicht vor dem Hause waren, erblickte mich Albert Abramowicz und hob aufzuckend ein schwärzlichrotes Lederköfferchen hoch. Er weinte...

Die Zeitungen, die Leute der Stadt sprachen von Selbstmord, von Geistesverwirrung; aber ich wußte, daß es ein Anderes war. Sie hätte vielleicht nicht mehr leben mögen, wenn sie erst ihr Verlassensein kannte; sie ahnte ja nichts, dachte: ich werde verfolgt, umlauert, solange es noch tagt. Nun war sie aus ihrem Versteck gekrochen und wanderte nachts auf dem Gleis dahin, wie ihr der Eisenbahner empfohlen, und ging zu ihrem Geliebten... Ich weiß nicht, ob er es bald erfahren und ob er noch einmal gekommen ist; denn wenige Tage nach dem Begräbnis fuhr ich zu meinen Geschwistern. Ich hatte dann eine Stellung in Drossen und dann eine in Stettin. Und ich habe mich wieder an alles erinnert, weil jene Frau jetzt gestorben ist, Therese Rubin geborene Heppner, im zweiundsiebzigsten Jahre...

# Nachwort

In den ersten Sätzen ihrer Erzählung nennt Gertrud Kolmar ein Fremdwort, das nur den wenigsten geläufig sein wird: Der große Koffer unter dem Riegelbrett warte auf das zweite »Affidavit« aus Plymouth, Massachusetts. Ein Affidavit war die eidesstattliche Erklärung amerikanischer Bürger, für den Unterhalt der Einwanderer im Land aufzukommen. Juden, die am Vorabend des Holocaust Deutschland verlassen wollten, mußten diese Bescheinigung amerikanischen Konsulaten vorlegen. »Ein Affidavit bekommt nur der«, so schreibt Betty Scholem im Oktober 1937 an ihren Sohn Gershom von Berlin nach Jerusalem, »für den ein *Bluts*verwandter die geldliche Bürgschaft übernimmt, also durch Freunde ist es nicht mehr zu machen. Oder man muß 5000 Dollar einführen; wer hat die schon!« Das Affidavit war nur die erste Hürde; den weiteren Fluchtweg säumten Formalitäten, hemmten Einreisebeschränkungen, vereitelten Ausreiseschikanen. Der Einlaß in die Vereinigten Staaten, aber auch in die Commonwealthstaaten war nach Quoten eingeteilt, die Wartezeiten lang und ungewiß, Schiffspassagen gefährdet, die deutschen Behörden beschlagnahmten alles Hab und Gut und erlegten jüdischen Flüchtlingen eine »Reichsfluchtsteuer« auf, eine Kiste, von den Emigranten »Lift« genannt, war alles, was ihnen blieb. Im Frühjahr 1939 gelangt die 74jährige Betty Scholem schließlich über London, Marseille und Port

Said nach Australien. Berlin, die Stadt, an der sie hing, und deren Bilder auch in der Ferne immer wieder vor ihren Augen auftauchen, wird sie nicht wiedersehen. Werner Scholem, um dessentwillen die Mutter so lange in Deutschland ausharrte, wird im Juli 1940 im Konzentrationslager Buchenwald ermordet. Lebensläufe kreuzen sich in der Gleichzeitigkeit der Verfolgung: Auf der Flucht vor der Gestapo erreicht Georg Chodziesner, der Bruder von Gertrud Kolmar, im August 1939 ein englisches Durchgangslager, im Mai 1940 wird er auf der Isle of Man interniert, bald darauf nach Australien gebracht, während seine Frau und sein Sohn nach Chile fliehen können. Ein Visum für Amerika erhält Georg Chodziesner trotz aller Bemühungen nicht, seine Frau stirbt noch während des Krieges in Chile, der vorerst verwaiste, mittellose Sohn gelangt erst später zum Vater nach Australien. Gertrud Kolmar hat, als erste und wohl einzige Dichterin, dieses eine Fremdwort in die deutsche Literatur gebracht, das sie aus ihrem Leben nahm, für das es von entscheidender Bedeutung wurde: Gertrud Kolmar hat kein Affidavit erhalten.

Am 29. Dezember 1939 beginnt die Dichterin, die jetzt ihrem bürgerlichen Namen Gertrud Chodziesner noch den Vornamen Sara hinzufügen muß, mit der Niederschrift ihrer Erzählung. Seit einem Jahr wohnt Gertrud Kolmar zusammen mit ihrem Vater in der Speyerer Straße in Berlin-Schöneberg. Beide wurden von den deutschen Behörden gezwungen, ihr Haus in Finkenkrug zu verkaufen und ein sogenanntes »Judenhaus« zu beziehen. Juden mußten sich auf engstem Raum zugewiesene Wohnungen teilen. Im Januar 1940 schreibt Gertrud Kolmar an ihre Schwester Hilde in Zürich, jedes dichterische Ereignis sei für sie eine Geburt. »Zur Zeit findet dieses Ereignis – in Etappen – immer nachts statt: ich gehe früh zu Bett und wenn dann die oberen Mieter bei ihrer allnächtlichen, sehr geräuschvollen Heimkehr zwischen 1 und 3 Uhr mich wecken, habe ich schon ein paar Stunden geschlafen und die Kopfarbeit kann beginnen. Wenn ich dann das ›Kind‹ wieder um einige Zentimeter weiter ›gehoben‹ habe, ist 5 Uhr vorbei, und ich kann noch ein bißchen druseln. Morgens nach dem Anziehn wird gleich alles niedergeschrieben; dabei bin ich sehr müde, fühle mich elend, habe wohl auch Kopfschmerzen, kurz alle Anzeichen eines ›Katers‹, wie nach einer nächtlichen Ausschweifung, die es ja auch ist. Die nächste Nacht durch schlafe ich dann meinen Rausch aus – da kriegen mich auch die lärmenden Überwohner nicht wach – in der dritten Nacht geht die Sache von frischem weiter.« In diesen Nächten schrieb Gertrud Kolmar eine Erzählung, von der sie nicht wußte, ob sie je erscheinen würde. Als Jüdin lebte sie weithin abgeschnitten von der Außenwelt; Theater, Kinos, Restaurants, Parkanlagen durfte sie nicht betreten, Briefe nur zensiert schreiben und empfangen, das Eigentum war eingezogen, geraubt, geplündert, Lebensmittel aufs äußerste reduziert; »mich dünkt, es muß schon eine wirkliche, echte Kunst sein, die nicht auf stundenlange Muße, nicht auf Schreibtisch und Sessel, auf den Frieden eines Arbeitszimmers und alle äußere Ruhe und Bequemlichkeit angewiesen ist«, wird Gertrud Kolmar später über die Lebensumstände berichten, denen sie das Schreiben abtrotzt. Am 13. Februar 1940 schließt sie das Manuskript ab, es umfaßt 42 Seiten. Das Original hat sich erhalten. Ihr Schwager, Peter Wenzel, nahm es an sich und verwahrte es vor dem Zugriff der Gestapo. Doch *Susanna* blieb über Jahrzehnte unveröffentlicht.

Man hat sich die Entstehungsbedingungen von *Susanna* so eindringlich zu vergegenwärtigen, weil die Gegenwart der Jahre 1939 und 1940 den Rahmen dieser Erzählung, das Präsens ihres ersten und letzten Absatzes, bestimmt. Was erzählt wird, ist nurmehr Vergangenheit und kehrt in der Erinnerung wieder, die Zukunft hat sich in dieser Gegenwart zu einer einzigen bangen Frage verengt: »Wo werde *ich* einst sein?« Auch das spröde, unwirsche Bekenntnis der Ich-Erzählerin, keine Dichterin zu sein, ist von der Autorin nicht zu lösen, die in jenen letzten Jahren eine Erzählung schrieb, nachdem sie als Lyrikerin hervorgetreten war. »Ich bin eine Dichterin, ja, das weiß ich; aber eine Schriftstellerin möchte ich niemals sein«, so bekennt Gertrud Kolmar 1938 und beschwört darin eine Dichotomie, die in Deutschland zu Hause ist. Stefan George und sein Kreis haben für »deutsche Dichtung« streng unterschieden, daß der Dichter das reine Wort erschaffe, während der Schriftsteller die Wirklichkeit mit Wörtern beschreibe. Die Frage nach dem künstlerischen Ausdruck wird zu einer Frage nach der ganzen Existenz, der Dichter stehe als Schöpfer über dem Schriftsteller, dem Strategen und Pragmatiker im Beschreiben dessen, was ist. Gertrud Kolmar hat teil an dieser poetischen Selbstreflexion, die Züge einer Deklamation annimmt, und doch wahrt sie als Erzählerin Distanz zu dieser deutschen Tradition von Weltflucht und Dichtungsglaube. »Ich bin keine Dichterin, nein.« Die Autorin der Jahre 1939 und 1940 beschränkt sich aufs Wesentliche. *Susanna* ist ein lakonischer Grundzug eigen, ein Grundzug aber, den die Gegenströmung poetischer Intermittenzen in Susannas Erzählungen, Märchen und Bildern durchbricht.

Die Geschichte ist rasch erzählt: Eine Erzieherin nimmt eine Stelle in einem ostdeutschen Städtchen an, um ein gemütskrankes Mädchen zu betreuen. Die eigentliche Handlung entwickelt sich in den Dialogen zwischen Susanna und ihrer Betreuerin, zwei Wirklichkeitswahrnehmungen, zwei Sprechweisen, die eine phantastisch ausgreifend, doch zugleich präzis, die andere verengt, prosaisch, vernünftig, treffen aufeinander, verstricken sich in Frage und Antwort, wobei die Fremdheit Susannas immer mehr zur Distanz der Erzieherin zu sich selber wird. Die aufmerksame, pflichtbewußte Erzieherin erinnert die Begegnungen des jungen Rubin mit Susanna, Gespräche und Szenen, das Wechselspiel von Traum und Wirklichkeit, und noch in der Erinnerung bleibt ihre Verwunderung und Verwirrung spürbar. Als sich die Vernunft schließlich Bahn bricht und Rubin beschließt, das Städtchen zu verlassen, kommt es zur Katastrophe: Susanna folgt ihrem Geliebten auf den Gleisen seines Morgenzuges und findet den Tod. Die Erzählerin verläßt den Ort wenige Tage nach dem Begräbnis und erinnert sich erst jetzt wieder, da sie die Todesanzeige der Mutter von Rubin liest, dessen Name nicht darunter steht. Eine klar gegliederte, schmale Erzählung, deren Themen und Motive von Gertrud Kolmars lyrischem Hauptwerk gespeist sind.

Gertrud Kolmar wurde am 10. Dezember 1894 im Herzen Berlins geboren, in der Nähe des kaiserlichen Stadtschlosses, an einem symbolischen Ort. Sie wuchs im alten Westen Berlins auf, in der Welt des assimilierten preußischen Judentums, der ihr Cousin Walter Benjamin mit seiner *Berliner Kindheit um 1900* ein literarisches Denkmal gesetzt hat. Der Vater, Ludwig Chodziesner, war als Rechtsanwalt in der sogenannten Eulenburg-Affäre Verteidiger des Fürsten Eulenburg, eines engen Vertrauten von Kaiser Wilhelm II. Maximilian Harden hatte in seiner Zeitschrift *Zukunft* eine »Hofkamarilla« um Wilhelm II. ausgemacht, in ihrer Mitte Eulenburg, den Harden der Homosexualität bezichtigte. Eulenburg klagte, wurde des Meineids überführt und entzog sich schließlich der Verurteilung durch eine lange Krankheit. In der Person des Anklägers wie des Verteidigers prallten zwei deutschnationale Positionen von Juden aufeinander: Maximilian Harden sah das deutsche Kaiserreich außenpolitisch gefährdet, Rechtsanwalt Chodziesner wollte die unmittelbare

Umgebung des Kaisers um Deutschlands willen vor Enthüllungen schützen. Rechtsanwälte kehren in Gertrud Kolmars Erzählungen immer wieder – in *Susanna* ist es Justizrat Fordon –, aber auch das Leitmotiv, daß kein Recht gesprochen werden kann. In Gertrud Kolmars Werk ist Schuld spürbar, unüberwindlich gegenwärtig, und doch ist der Schuldige ebenso wenig auszumachen wie die Ursache der Schuld. Kafkas Satz von der Hoffnung läßt sich hier umkehren: daß nämlich unendlich viel Schuld in der Welt ist – und alle Schuld zieht sie auf sich. Gertrud Kolmar kennt eigentlich nur *die* Schuldige, im Zweifel sich selbst, die mit sich hadert und in dem, was ihr geschieht, Strafe sucht. In einem ihrer letzten Briefe an ihre Schwester, vom 15. Dezember 1942, nimmt sie noch die Schuld für die Verfolgung auf sich:
»So will ich auch unter mein Schicksal treten, mag es hoch wie ein Turm, mag es schwarz und lastend wie eine Wolke sein. Wenn ich es schon nicht kenne: ich habe es im voraus bejaht, mich ihm im voraus gestellt, und damit weiß ich, daß es mich nicht erdrücken wird, mich nicht zu klein befinden. Wie viele von denen, die heute im bloßen Anblicken eines für sie viel zu großen Schicksals zusammenklappen, haben sich denn gefragt, ob sie nicht irgendeine Strafe verdient haben, nicht irgendeine Sühne leisten müssen? Ich war nicht schlimmer in meinem Trachten und Tun als andere Frauen. Aber ich wußte, daß ich nicht lebte, wie ich gesollt, und war immer bereit zu büßen. Und alles Leid, das über mich kam und über mich kommen mag, will ich als

Buße auf mich nehmen und es wird gerecht sein. Ich will es tragen ohne Jammern und irgendwie finden, daß es ist, was zu mir gehört, das auszuhalten und irgendwie zu überstehen ich geschaffen ward und gewachsen bin mit meinem Wesen. Diese Kraft vom Schicksal, dieses Wachsen zu ihm hin, dem Deinen, dies: daß es nie größer sein möge als Dein eigenes Herz, das, liebe Schwester, wünscht Dir zum Geburtstage

Trude«

Zum Trauma ihres Lebens wird eine vermutlich von den Eltern erzwungene Abtreibung in den Jahren des Ersten Weltkrieges. Das Motiv der kinderlosen Frau, der Beziehung von Mutter und Kind, durchzieht ihr ganzes Werk. In den zwanziger Jahren arbeitet Gertrud Kolmar als Erzieherin bei Familien in Berlin, in Hamburg, sie kehrt zurück ins elterliche Haus nach Finkenkrug in der Nähe von Spandau. Ihre *Gedichte* erscheinen zuerst 1917, der Vater hatte die Begabung der Tochter entdeckt und ihre Texte zu einem befreundeten Verleger gebracht. Als Pseudonym wählt sie den deutschen Namen der Grenzstadt Chodziezen in der Provinz Posen, aus dem die väterliche Familie stammte: *Kolmar*. Erst 17 Jahre später, 1934, folgt der Band *Preußens Wappen* in der Berliner Rabenpresse, 1938, als letzte Veröffentlichung zu Lebzeiten, *Die Frau und die Tiere* im Jüdischen Buchverlag in Berlin, die Ausgabe wurde bald nach dem Druck wieder eingestampft. Themen und Gestalten, Motive und Formen zeichnen sich schon im frühesten Band ab. »Mutter und Kind«, »Mann und Weib«, Kinderlieder, allegorisierende Texte, »Abschied«, »Leichtsinn«, »Die Verlassene«, das Thema der vergeblichen, enttäuschten Liebe, das in den späteren Gedichten an Härte und Klarheit gewinnt. Aber auch Naturszenen, Gärten, Jahreszeiten, die zu eigenen Bedeutungen konfigurieren, zeigen sich in diesem frühesten Zyklus.

Der Erzählerin ist kein Detail zu gering, die Speisen, der Tee, die Wäsche, all das schildert die Fontane-Leserin eindringlich und genau, wie sie in ihren Gedichten kleinste Prozesse im Tier- und Pflanzenreich vergrößert. Ihre Darstellung vom »Schatten eines Hundes«, der bald als Mensch, bald als Tier erscheint und die gängige Unterscheidung verschwimmen läßt, erinnert an Rahel Varnhagens Traum von einem Tier, das sie wie einen Menschen behandelt und von dem sie ganz allein wußte, daß das Tier lieben, sprechen konnte und eine menschliche Seele hatte. »Besonders aber hielt mich noch etwas Geheimes: welches zum Teil auch darin bestand, daß keiner mein Tier sah oder beachtete als ich, daß es sich an keinen wandte, daß es ein tiefes vielbedeutendes Geheimnis zu verschweigen schien, und daß ich nicht ungefährt wußte, wo es war und hinging, wenn ich es nicht sah.«

Die größte Gefahr der Lyrikerin Gertrud Kolmar, der auch die Erzählerin nicht immer widersteht, ist die Sentimentalisierung, das Beschwören und Festhalten des Idylls. Sentimentalität bedeutet hier nicht Vertrautheit mit allem, was man zu gut kennt, sondern die Fluchtbewegung in ein poetisches Refugium, das der eiskalten Geschichte entzogen bleiben soll. In den Gedichten herrscht die stilisierte Natur, der beschauliche Winkel, das pittoreske Detail vor. Wann immer die Großstadt in den Blick gerät, Berlin oder Hamburg, sind es Stadtlandschaften, die Spree, die märkischen Gärten, die Alster; auch ihren Roman wie ihre Erzählung hat Gertrud Kolmar an die Peripherie oder in einer Kleinstadt angesiedelt. Gertrud Kolmar hat gewußt, daß der Flaneur, den ihre Zeitgenossen Walter Benjamin und Franz Hessel durch die Metropolen Berlin oder Paris streifen ließen, männlich ist. Das weibliche Pendant zum Flaneur ist die Prostituierte, die aber nicht selbstvergessen durch die Stadt geht, sondern sich den Männern als Ware anbietet. Die Gestalt der Prostituierten kehrt mehr als einmal in Gertrud Kolmars Werk wieder.

So sentimental, konstruiert, erzwungen harmonisch viele der frühen Gedichte von Getrud Kolmar anmuten, ihre späteren Gedichte, über den »9. November Achtzehn«, »Anno Domini 1933«, gewinnen ein hartes Realitätspostulat. Gertrud Kolmar mag als Lyrikerin bei Rilke, bei den französischen Dichtern der Moderne in die Schule gegangen sein; die Schule ihres Lebens, also ihrer Dichtung war anders beschaffen. Es war die Welt des wilhelminischen Deutschland, in der sie aufwuchs und die sie prägte, der Weimarer Republik, in der sie arbeitete, aber deren literarisches Leben ihr fremd blieb, und das, im Gegenzug, die Dichterin nicht recht wahrnahm. Und

es war schließlich das »dritte christlich-deutsche Reich«, dessen Terror sie beim Namen nannte. Es gibt keine andere Lyrik aus diesen Jahren, die das so unverstellt und deutlich tat.
Ihr erzählerisches Werk lehnt sich an die konservative Tradition ihrer Zeit an. Franz Werfel hat sie beeinflußt, Werner Bergengruen steht ihr in erzählerischen Formen nahe, aber auch Edzard Schapers *Lied der Väter*, heute vergessene Aufzeichnungen des Pilgers Makarius, die Frömmigkeit und Naturverbundenheit, Innerlichkeit und Entsagung bezeugen; das Buch hatte Gertrud Kolmar tief beeindruckt, als sie sich an die Niederschrift von *Susanna* machte. Diese Erzählmuster sind weit entfernt von allen Neuerungen und Veränderungen der Romane in den zwanziger Jahren; die gängigen Gattungs- und Epochenbezeichnungen erschließen uns diese Erzählung nicht. Ihre Form nämlich des stillen, einfachen Lebens fügt sich nicht zum Inhalt, der in seinen Bildern und Motiven eine neue Perspektive eröffnet.
Karl Krolow hat bemerkt, Gertrud Kolmar *handele* in ihren Gedichten. Sie sind von einer Dynamik lebendiger Bewegungen, von knirschenden Schritten, von lauten wie leisen Geräuschen, von Blicken und Berührungen erfüllt. Diese Poesie ist nicht wie das Leben; doch in dieser Poesie verschafft sich das ungelebte Leben sein unabgegoltenes Recht, wie in dem Gedicht »Robespierre«, dessen erste Strophe lautet:

Ich will dich rühren mit den Händen
Ich will dich scharren aus der Gruft.

Steig auf! Du darfst, du darfst nicht enden,
Und wärst du schwebend nur wie Luft,
Unsichtbar hauchend wie ein Wind,
Nur sprachlos glänzend wie die Sterne,
Die starken, die uns ewig ferne
Uns ewig nahe sind.

Literarische Figuren, Orte und Konstellationen sind für Gertrud Kolmar, unvermittelter, direkter als für andere, Lebensmotive, der Beruf ihrer Ich-Erzählerin ihr eigener. Gertrud Kolmar hatte in den zwanziger Jahren als Erzieherin in Privathäusern in Berlin und Hamburg gearbeitet und taubstumme Kinder betreut. »Erzieherin« – diese Berufsbezeichnung ist ein deutsches Idiom, bürgerliche Familien entlehnen die »Gouvernante« nicht nur als Wort, sondern auch als anderen Umgang mit Kindern aus dem Französischen. Georges-Arthur Goldschmidt hat auf die gleiche Etymologie von »erziehen« und »züchtigen« im Verb »ziehen« hingewiesen. Gertrud Kolmar soll, vor allem im Umgang mit behinderten Kindern, eine ausgezeichnete Erzieherin gewesen sein; Züge von Härte und Gewaltsamkeit scheinen dennoch durch, wenn sie ihrer Schwester Hilde über die Erziehung von deren Tochter Sabine schreibt: »Die Vorstellung, daß aus reizenden Kindern sich unangenehme Erwachsene entwickelt haben, beruht auf einem Irrtum; für den scharf blickenden Erzieher steckten in dem ›reizenden Kind‹ schon samenkornklein all die Fehler, die später trieben und wucherten und es ganz unausstehlich machten. Du brauchst Dich also über Sabine nicht zu beunruhigen; aber es schadet nichts, wenn Du, soweit Du kannst, die Keime in ihrem Wesen unmerklich schon tötest – besser, als wenn Du später Unkraut ausrupfen mußt.« Etwas von dieser preußischen Strenge hat sich an die Erzieherin fortgeerbt, und doch ist die prinzipientreue Entschlossenheit melancholischer Resignation, leiser Verwunderung gewichen; denn ihre Erziehung geht ins Leere. Doch Gertrud Kolmar hat ebenso teil an der Figur Susanna, an deren poetischer Lebenssuche, die zuallererst Sprachsuche ist. Es gibt in *Susanna* einen semantischen Widerstreit von der nüchternen Diktion der Erzieherin, in deren Präteritum die Entsagung und Enttäuschung eines ganzen Lebens beschlossen liegt, zu den vorwärtsdrängenden Fragen Susannas, die Worte und Wendungen nach ihrer Bedeutung befragt, Märchen erzählt, Mensch und Tier zusammen sieht, Winziges aufgreift, eine verschollene Tradition zitiert. Es ist eine häufig unstimmige, inkohärente, fragmentarische Sprache, die doch mit jedem Wort dem strengen Realitätspostulat der Erzieherin widerspricht. Was aber in dieser Erzählung in zwei Figuren zerlegt erscheint, waren zwei Gegenkräfte in Gertrud Kolmars Leben, das von diesem zerreißenden Gegensatz bestimmt war. Und vielleicht ist die starke, ideale Typisierung dieser Figur auch der Tribut des Lebendigen, den ihre Schöpferin entrichtete: eine Kunstfigur, die ein hohes Maß, wenn nicht Übermaß an Wünschen und Sehnsüchten eines ungelebten Lebens tragen muß.

Gertrud Kolmars Modernität, ihre Unzeitgemäßheit und Kraft, Neues zu schaffen, liegt nicht in den Themen, nicht in ihrer Bilderwelt, die vom Spätexpressionismus geprägt waren, erst recht nicht in den Formen, in denen sie sich an Konventionen hielt, sondern in der Bedeutung, die sie ihren Sujets und Bildern gab, indem sie ihnen ihre überlieferte Bedeutung nahm. »›Rubin. Was das für ein wunderbares Wort ist: Rubin. So... dunkel... Glut...‹«, erklärt Susanna der Erzieherin und fährt fort: »›Es gibt Worte, die kann man in die Hand nehmen. Und manche riecht man... zum Beispiel: Bratpfanne. Ich sage nicht gerne ›Bratpfanne‹, dann ist gleich wieder das ganze Zimmer voll Küchendunst‹.« Worte lassen sich in die Hand nehmen, werden ertastbar, fühlbar, eine »Sprachfindung« (Klaus Ebbeke), die Worte auf ihre Materialität, ihre Klangschicht und elementare Zusammensetzung zurückführt und darin eine andere Wirklichkeit entdeckt. »Sprich ›Prag‹, und so ist Prag, das ich nie schaute / Ein Goldreif, um der Moldau Arm gespannt«, heißt es in einem frühen Gedicht, das die Gegenläufigkeit zweier Sprachen darstellt. Der herkömmliche Gegensatz von Poesie und Prosa greift zu kurz für deren Kontrast. In dieser Sprachfindung nämlich verlieren Worte ihre herkömmliche Bedeutung, müssen erst noch eine neue finden, und die Leitlinien der Signifikation, die Unterscheidung von Wort und Bedeutung, aber auch von Imagination und Realität, von Mensch und Tier, von Leben und Tod, verschieben sich. *Susanna* hebt diese Trennlinien auf und erfindet neue Worte und

Zusammenhänge. Ihre Mythen und Märchen verzaubern, und sei es nur für einen Augenblick, die gänzlich entzauberte Welt der Erzieherin.
Gertrud Kolmar ist uns als Lyrikerin gegenwärtig, nicht aber als Erzählerin. Ihren einzigen Roman *Eine jüdische Mutter* schrieb sie 1930/31, er erschien zuerst 1965 unter dem Titel *Eine Mutter*, die Geschichte einer Frau, Martha Wolg, die ihr vermißtes Kind in einer Laubenkolonie entdeckt. Es ist einem Sexualverbrechen zum Opfer gefallen, schwer verletzt und wird geistig behindert bleiben. Die Mutter flößt dem Kind im Krankenhaus Gift ein, das Kind stirbt, und die Mutter macht sich auf die verzweifelte Suche nach dem Täter; diese Suche wird zu ihrem einzigen Lebensmotiv. Sie begegnet einem Rechtsanwalt, von dem sie Hilfe erhofft, und beginnt eine kalte, sinnliche Liebesbeziehung zu ihm, die an ihrem inneren Frost zerbricht. Der Roman ist im spätexpressionistischen Stil der Zeit verfaßt, sein Thema von einem Film beeinflußt, der Anfang der dreißiger Jahre die Zeitgenossen nachhaltig beschäftigte: Fritz Langs *M – Eine Stadt sucht einen Mörder.* Ein Kindermörder hält die Großstadt in Atem und wird schließlich durch das organisierte Einschreiten der Unterwelt überführt. Meisterhaft in der Darstellung des Täters durch Peter Lorre, im Aufdecken der Pathogenese, den Stummfilmelementen und Mitteln des Tonfilms könnte *M*, der seine Vorlage in einer Serie von Morden in Düsseldorf hatte, Gertrud Kolmars Roman in seinen Bildern der wachsenden Unruhe, des Mietshauses mit den neugierig nachlässi-

gen Nachbarn, beeinflußt haben. Doch die zentrale Perspektive hat sich grundlegend verändert. Während nämlich Fritz Lang nach den Motiven des Täters forscht, Handlungen und Szenen auf ihn hinlenkt, bleibt dessen Platz in Kolmars Roman eine unsichtbare, unauffindbare Chimäre, der Schuldige, der sich nicht ausmachen läßt. Ihre Aufmerksamkeit gilt den Opfern, dem Kind und seiner Mutter. Martha Wolg verwindet das Verbrechen nicht. Die Schuld um das getötete Kind und die Schmach der gemiedenen, am Ende zurückgewiesenen Liebe werden übermächtig; Martha Wolg ertränkt sich. In Gertrud Kolmars Erzählungen sterben die Frauen gewaltsam. Opfer werden zu Selbstopfern und vollziehen die Zerstörung ihrer Liebe, die ihnen widerfährt, an sich selbst. Liebesarten sind Todesarten. Das Thema ist, erst recht in der Literatur von Frauen, nicht neu, aber es ist noch nie in einem so fahlen Licht, in der verstummten Klage so lakonisch dargestellt worden wie in Gertrud Kolmars einzigem Roman.

Martha Wolg haftet als literarischer Figur etwas ähnlich Rätselhaftes an wie Susanna. Die Erzählerin vermeidet es, seelische Antriebe, Kausalitäten, den Blick auf das Innenleben ihrer Figur zu öffnen. So bleibt auch Susannas Gemütserkrankung unerklärt. Die Erzählerin Gertrud Kolmar wahrt einen nahezu schamhaften Respekt vor dem Innern der selbstgeschaffenen Figuren. Sie bleiben verschlossen. Während der Arbeit in der Rüstungsindustrie erkennt sie auf dem Gesicht einer Zigeunerin »eine undurchdringliche Abgeschlossenheit, eine Stille, eine Ferne, die durch kein Wort, keinen Blick der Außenwelt mehr zu erreichen war... Und ich erkannte: Dies war's, was ich immer besitzen wollte und doch noch nicht ganz besaß; denn wenn ich es hätte, würde nichts und niemand von außen mir etwas anhaben können«.

Im Herbst 1933 schreibt Gertrud Kolmar ihren einzigen Essay, über eine Gestalt der französischen Revolution, der sie immer wieder nachging. »Das Bildnis Robespierres« ist ein Dokument ihres Geschichtsverständnisses, genauer ihrer Auffassung, welche Macht historisch überlieferte Bilder ausüben. Gegen alle Entstellungen und Einseitigkeiten in den widersprüchlichen Deutungen Robespierres versucht Gertrud Kolmar, seine Gestalt als Ausdruck strenger Vernunft, einer harten, fast bitteren Menschenliebe und einer unbeugsamen Gerechtigkeit zu rehabilitieren. In Gertrud Kolmars Charakterzeichnung des Revolutionärs fällt etwas Herbes, Strenges: »Auch Robespierre lehrte gründlich und streng, beherrschte durchaus sein Fach; freilich, die Schlafmützen und die Verspielten hatten da nichts zu lachen... Ich denke oft, daß ich unter ihm gern Beamter gewesen wäre; er war gewiß anspruchsvoll und gerecht und duldete kein Verschlampen... Aber das hat weder Saft noch Kraft, ist gar nichts für Herz und Gemüt.« So fest Gertrud Kolmar auch die Striche ihrer Zeichnung von Robespierre, die Apologie seiner preußischen Tugenden im einzelnen setzt, im ganzen »Bildnis« verwischt sie diese Züge wieder.

Diese Zurücknahme von Härte in Zartheit, von Entschiedenheit in Zweifel, von Deutlichkeit in Mehrdeutigkeit ist ein Charakterzug von Gertrud Kolmar. Ihre Studie beschließt sie, rückblickend auf ihre Arbeit, mit einer leisen, eindringlichen Frage: »... ich fragte mich, ohne es auszusprechen: Und wenn wir das Zerr- und Scheusalsbild nun auch von der Leinwand wischten, was setzten wir schließlich an seiner Statt hin? Und ich müßte erwidern? Man würde weiter suchen, tasten, nichts Rechtes zuwege bringen, sich irren. Robespierre ›nach der Natur zu malen‹, bietet so große Schwierigkeiten, daß man sich lieber mit den althergebrachten Phantasiestücken weiter behilft, wenn auch berufener Mund erklärt, daß seine Bildnisse mit ihm selbst keine Ähnlichkeit haben.« Es ist ein Plädoyer für den historiographischen Zweifel, für das Weitersuchen, Tasten, Sich-Irren. So beschließt kein zünftiger Historiker seine Abhandlung, am wenigsten in einer Epoche, da die Zerrbilder an gewalttätiger Macht zunahmen; zu Recht erinnert Gertrud Kolmar an das Bild, das man sich vom Juden Dreyfus machte. Ihr Essay zeigt Widersprüche, Einseitigkeiten, Verzerrungen in der Darstellung Robespierres, aber Gertrud Kolmar hat nicht selber ein positives Bild dagegen gesetzt. Ihr ganzes Werk ist von der Gegenkraft bestimmt, Menschen und Dinge aus ihrem Bildnis zu befreien. Susanna sagt zur Erzieherin: »Du siehst anders aus, als ich dachte. Ich habe mir Bilder von dir gemacht; aber nun taugen sie alle nichts und ich muß sie wegwerfen.« Dieser Poetik des beständigen Zweifels an bestehenden, selbstgeschaffenen oder übernommenen Bildern verdankt sich die lebendige Unruhe auch dieser Erzählung. Gertrud Kolmar scheut keine Widersprüche, Spannungen oder Brüche, um geschlossene Bilder, vertraute Sinnhorizonte aufzubrechen. Ich weiß nicht, ob Max Frisch Gertrud Kolmars Werk, ob er Susannas Sätze kannte. Er hätte darin den Anstoß seines Schaffens wiedergefunden: Daß wir das Leben versäumen oder es gar verlieren, wenn wir an den Bildern festhalten, die wir uns von Anderen gemacht haben.

In *Susanna* zeichnet sich in Umrissen das *Schtetl* ab, die Lebenswelt des Ostjudentums. Bei dieser Zeichnung führt die Sehnsucht nach einem ursprünglichen, unverfälschten Judentum die Feder, wie in Arnold Zweigs *Das Ostjüdische Antlitz* von 1920, den Zeichnungen Hermann Strucks, die die Physiognomie in Gestalt und Leben von Ostjuden zu ergründen suchen. »Nach Osten send ich mein Gesicht...« wird Gertrud Kolmar schreiben. Ende der zwanziger Jahre hatte sich Alfred Döblin auf eine längere, literarisch gestaltete Reise nach Galizien begeben, um die Herkunft der Ostjuden kennenzulernen, die in Deutschland fremd blieben. Doch es war nur eine Reise, und Döblin und Zweig aus dem assimilierten Westjudentum behalten den Blick der Fremden, die in der Ferne und Fremde das Eigene suchen. Mit diesem Blick betrachtet auch die Erzieherin den Laden der Abramowiczs in der »Froschvorstadt«, deren Bewohner jiddisches Deutsch sprechen, und verwundert, befremdet verläßt sie das Geschäft. Das Judentum wird in den Gesprächen von Susanna und ihrer Erzieherin als Thema laut, und doch behält es etwas eigentümlich Äußerliches, Abstandsvolles. »Schach'riss«, das Morgengebet, wird nicht gesprochen: »Ich kannte das Judentum nicht, meinen Glauben, und hielt das für eine ländliche Redensart«, sagt die Erzieherin und erinnert sich an Susannas Frage, ob sie sich so wie sie freue, eine Jüdin zu sein: »Ich höre heut diese Worte. Nein. Ich freute mich nicht. Ich hatte vergessen. Ich war nicht stolz, trug kein Zeichen des Königsgeschlechts; ich trug einen Makel. Recht klein war der Makel und störte mich wenig, doch ich deckte ihn zu, wie es ging.« Das Judentum erscheint in dieser Erzählung auf der Schwundstufe der Assimilation, keine verbürgte Tradition, auf deren Boden sich sicher gehen ließe, sondern etwas Brüchiges, Inkonsistentes, das nur in Partikeln zum Vorschein kommt. Das eigene Judentum ist fern und nah zugleich. Gertrud Kolmar sucht nach ihm auf einer Expedition in ein inneres Ausland. »Ich möcht eine Forscherreise rüsten / In mein eigenes uraltes Land«, heißt es im Gedicht »Die Jüdin«. Die Dichterin beschwört es wie etwas, dem zuerst der nachhaltigste Verlust droht, der Selbstverlust.

Gertrud Kolmars Frauengestalten sind einsam. Ihre Lyrik kennt die leidenschaftliche Suche nach Liebe, die elegische Klage um deren Vergeblichkeit. Ihre Prosa ist demgegenüber grauer, prägnanter, nah an der trostlosen Wirklichkeit eines einzigen Satzes: »Ich kannte die Liebe nicht.«

»Aber ich hatte das alles vorher geahnt, es kommen sehn, im voraus schon auf mich genommen, ich kannte den hohen Preis, den ich zahlen würde, da gab es keine Enttäuschung«, schreibt Gertrud Kolmar im Februar 1942 an ihre Schwester Hilde: »Wozu wohl auch schon der Umstand mich führte, daß ich niemals ›die Eine‹ war, immer ›die Andere‹...«. Mit diesen Sätzen tröstet sie sich über ihre letzte, unerfüllte Liebe zu einem jüngeren Mann, der wie sie in der Rüstungsindustrie arbeitet, und nennt zugleich ihr Lebensgesetz: die auferlegte, die empfundene, schließlich angenommene und poetisch gestaltete Andersheit. Gertrud Kolmar hat in ihr Werk die Verachteten, Stigmatisierten aufgenommen, die als anders gelten. »Die Landstreicherin«, »Die Irre«, »Die Fremde«, »Die Häßliche«, »Die Lumpensammlerin«, »Die Kinderdiebin« – diese Titel ihrer Gedichte lesen sich wie ein Pandaemonium ihrer Gesellschaft. Zwei Titel stechen hervor: »Die Frau« – das Pandaemonium bevölkern Frauen – und »Die Jüdin«, das Paradigma der Fremdheit und gesellschaftlichen Ächtung, die aber zur entschiedenen Selbstbesinnung führt, ein Moment des Umschlags, für das die Figur von Susanna steht. Noch eindringlicher läßt es sich dem Gedicht aus dem Zyklus *Weibliches Bildnis* von 1938 ablesen, das beginnt:

> Ich bin fremd.
> Weil sich die Menschen nicht zu mir wagen,
> will ich mit Türmen gegürtet sein,

die steile, steingraue Mützen tragen
in Wolken hinein
[. . .]

Gertrud Kolmar hat ihren Zeitgenossen in einem Spiegel die Bilder derer vorgehalten, die ausgeschlossen, geächtet, verfolgt sind. Aber sie hat die anderen nicht einfach idealisiert, die Leser müssen immer auch den kalten, distanzierten Augen folgen, mit denen Therese Rubin auf Susanna blickt. Sie müssen in *Eine jüdische Mutter* der Selbstverachtung, dem Selbsthaß von Martha Wolg nachspüren. Wer die eigene Andersheit artikuliert, denkt nicht in Positionen, sondern in Relationen, mißt die Distanz aus, die ihn von denen trennt, die ihn anders finden. Sie sind in der Mehrzahl, der oder die Andere allein. Der fremde Blick, der in Gertrud Kolmars Gedicht auf die Jüdin fällt und die Andersheit schafft, wird Teil ihres Selbstbildes, Fremdheit vor anderen zur Selbstentfremdung: »Nun sehe ich mich seltsam und kann mich nicht kennen«, heißt es in diesem Gedicht, doch sogleich wird die Gegenkraft der neu gefundenen Sprache laut: »Und ein Lied will mit Namen mich heißen, / Die mir wieder gemäß«. In Gertrud Kolmars Werk treten die Zacken der Andersheit schroff hervor. »Der Andere« wurde in den zwanziger Jahren zum Topos der Existenzphilosophie und der Negativen Theologie, doch es scheint, als hätte die reale Erfahrung der eigenen »Andersheit« jüdische Frauen viel mehr umgetrieben als jüdische Männer, die, sei es in der Assimilation, sei es im Zionismus oder der angestrebten Harmonie von Deutschtum und Judentum, Positionen einnahmen. Von solchen Eindeutigkeiten ist Gertrud Kolmar weit entfernt, aber damit ist sie nicht allein. Hannah Arendt wird später die gesellschaftliche Andersheit von Juden darin sehen, daß sie Paria seien, selbstbewußte oder selbstvergessene Paria, für die aber das Anderssein zu einem wesentlichen Motiv ihres Denkens und Fühlens wird. Margarete Susmans Lyrik ist von dieser Erfahrung gezeichnet: »Wir unter den Völkern der Welt / Die ewig Andern [...] / Verbunden im gleichen Tod, und nur im Leben die andern«. Und die klügste, humanste Deutung von Freiheit, daß sie nämlich immer Freiheit der Andersdenkenden sei, geht nicht zuletzt auf Rosa Luxemburgs reale Erfahrung zurück, als Jüdin aus Polen in Deutschland zu leben.

*Susanna* ist das letzte überlieferte Prosawerk von Gertrud Kolmar. Nachdem sie es beendet hat, werden die Lebensbedingungen von Tag zu Tag schwerer, die Verfolgung immer gewaltsamer. Im September 1942 wird der einundachtzigjährige Ludwig Chodziesner nach Theresienstadt deportiert. Er stirbt im Februar 1943. Gertrud Kolmar lebt fortan vollkommen vereinsamt im »Judenhaus« in der Speyerer Straße, schreibt noch einige Briefe an die Schwester nach Zürich und lernt Hebräisch. Sie verfaßt einige nicht erhaltene Gedichte in dieser Sprache ihrer Sehnsucht.

Eine der letzten Deportationsmaßnahmen betraf die Frauen und Männer, die in der Rüstungsindustrie zu arbeiten hatten. Camilla Neumann entgeht dieser Maßnahme durch einen winzigen Zufall und berichtet der Nachwelt von der Deportation, bei der ihr Mann Ludwig in den Tod fährt – und Gertrud Kolmar: »Die letzte Aktion, ›Fabrikaktion‹ genannt, war am 27. Februar 1943. Da wurden alle geholt. Hunderte von Lastautos mit SS sind vor sämtlichen Fabriken, wo Juden arbeiteten, vorgefahren und haben die Menschen, so wie sie standen und saßen, von der Arbeit verschleppt. Sie sind in zwei Lager geteilt worden, Männer und Frauen extra, und noch am selben Abend fing der Abtransport nach Auschwitz an. In offenen Viehwagen, ohne Decken und Mäntel. Viele sind unterwegs erfroren. Die meisten Transporte sollen sofort in die Gaskammern gekommen sein.«

*Susanna* erschien zuerst 1959 in der Anthologie *Das leere Haus*, die Karl Otten, mit Prosatexten von Albert Ehrenstein, Paul Adler und anderen jüdischen Dichtern, herausgab. Respektvoll, fast ehrfürchtig ist dieses Buch mit der Erzählung *Susanna* aufgenommen worden, ängstlich bemüht, nur Positives zu sehen. Aber Gertrud Kolmar ist keine Dichterin für ein Denkmal; die Nüchternheit dieser Erzählerin sollte vor Pathos und Emphase bewahren. Ihr Werk steht im Zeichen einer konservativen Rebellion. Es wahrt ästhetische Konventionen und begehrt in Bildern und Motiven um so nachhaltiger gegen Lebenskonventionen und deren verfestigte Wahrnehmungen auf. Gertrud Kolmar hat ihre Zeit streng und nüchtern wahrgenommen, eine Chronistin, aber auch eine Kartographin der Seele, die die Grenze von Wirklichkeit und Dichtung so streng zog, um »einem gezauberten, unüberschreitbaren Kreise«, wie es in *Susanna* heißt, sein Recht, und das heißt sein Rätsel, zu lassen. Sie war eine preußische und sie war eine jüdische Dichterin. Sie bezeugte nicht als erste diese zweifache *contradictio in adjecto*, doch auf einzigartige Weise, denn sie sah den »gezauberten Kreis« von innen wie von außen; eine Jüdin, die das, was Nichtjuden und Juden trennt, die Illusionen der Assimilation durchschaute; eine Frau, die das Opfer vom Selbstopfer unterschied, wenn sie es vielleicht letzthin auch brachte. Ihr Leben teilten Risse, und diese Risse kennzeichnen ihr Werk. Es läßt sich nur entlang dieser Trennlinien und Bruchstellen verstehen. Das Bildnis Gertrud Kolmars? Auch für Gertrud Kolmar gilt, daß wir nur gewinnen, wenn wir die Bilder, die wir uns von ihr gemacht haben, wegwerfen, um weiter zu suchen.

*Thomas Sparr*